CICATRICI SEGRETE

Un romanzo alla Montgomery Ink

CARRIE ANN RYAN

Un romanzo alla Montgomery Ink
di Carrie Ann Ryan

Cicatrici segrete
Un racconto della serie Montgomery Ink
di: Carrie Ann Ryan
© 2021 Carrie Ann Ryan

eBook ISBN: 978-1-63695-117-1
Paperback ISBN: 978-1-63695-218-5

Traduzione dall'inglese di Well Read Translations

Tutti i personaggi di questo libro sono di fantasia e frammenti dell'immaginazione dell'autore.

Cicatrici segrete

La serie Montgomery Ink continua con la tanto attesa storia d'amore tra la proprietaria del bar della porta accanto e il tatuatore che l'ha sempre amata da lontano.

Hailey Monroe sa che il mondo non è sempre giusto, ma è rinata dalle sue stesse ceneri già una volta e lo farà di nuovo, se dovesse averne bisogno. Sono passati anni, da quando ha notato per la prima volta il tatuatore dallo sguardo accigliato che le ha fatto battere il cuore più forte, ma ora Hailey ha finalmente trovato il coraggio di avvicinarsi a lui. Il problema non è cosa riserverà il futuro a questa coppia, ma se Hailey troverà il modo di guarire le cicatrici del passato.

Sloane Gordon ha vissuto ogni genere di situazione infernale, ma la tentazione della porta accanto è una tortura di tutt'altro livello. Lui ha sempre mantenuto le distanze, perché sa di non essere il tipo di uomo di cui Hailey ha bisogno. Quando lei lo avvicina con una proposta che gli farà girare la testa e gli manderà l'anima in frantumi, Sloane farà tutto ciò che è in suo potere per proteggere la donna a cui tiene e i segreti che ha promesso di mantenere.

Capitolo uno

Hailey Monroe si morse il labbro, chiuse gli occhi e gemette. Sonoramente. Care divinità, è stata una cosa… celestiale. Un terremoto, da sconvolgere il mondo; da indurre un orgasmo.

Era il miglior brownie croccante alla crema che avesse mai cucinato in vita sua.

In passato aveva cotto ogni tipo di torte, tortine, crostate, biscotti, muffin, frollini e altri goduriosi peccati di gola. Ma in quel momento sapeva che non avrebbe mai più raggiunto una tale perfezione, come con il delizioso brownie croccante alla crema che teneva in mano.

Con quel pensiero deprimente, mangiò l'ultimo boccone e aggrottò la fronte.

Davvero? L'apice del suo successo nella vita, la

grandezza che aveva sperato di raggiungere stava tutta in un biscotto.

Un biscotto mandato dal cielo, intendiamoci, ma comunque un biscotto.

Ripulì rapidamente le briciole sparse e andò al lavandino per lavarsi le mani. Era un po' sconvolgente pensare che nei suoi ventisette anni di vita, quel risultato di pasticceria fosse *il traguardo* per lei. Tantissime persone potevano pensare che trovare una cura per l'influenza, dipingere qualcosa che riaffermi la bellezza e la vita per gli altri, o costruire case per i senzatetto fosse un traguardo da considerare l'apice dell'esistenza. Invece, Hailey aveva un dessert. Questo biscotto divino.

Probabilmente continuare a chiamare quella dannata cosa divina e inviata dal cielo non l'aiutava affatto a pensare. Era solo un prodotto da forno, che si sbriciolava se maneggiato rudemente, come tutti gli altri. Sarebbe stato completamente consumato e dimenticato un attimo dopo, per poi scomparire per sempre.

Almeno Hailey sapeva di essere più forte di così. In certi giorni.

Fece schioccare le nocche, trasalendo per il dolore alle articolazioni, il *meraviglioso* effetto collaterale di tutti i farmaci e i trattamenti che aveva riversato nel suo corpo nel corso degli anni, poi fece roteare il collo. Era un nuovo giorno, una nuova avventura. Era lo stesso mantra che si ripeteva ogni mattina.

Hailey possedeva e gestiva il Taboo, un bar pasticceria nel centro di Denver. Aveva una posizione privilegiata a ridosso del centro commerciale della Sedicesima strada, un quartiere pieno di uffici. Nelle prime ore del mattino, entravano uomini e donne in giacca e cravatta e abiti ben stirati, imploravano di avere un caffè e uscivano portandosi qualcosa di dolce e delizioso. Nessuno poteva mai sperare di dire di no a Hailey e ai suoi dolci, se lei decideva di insistere.

La pasticceria non si rivolgeva solo a chi andava di fretta per una riunione o lavorava a un caso molto importante. Arrivavano anche intere famiglie, nel tardo pomeriggio o nei giorni non scolastici, con i bambini al seguito. La cioccolata calda e i biscotti di Hailey sparivano alla velocità della luce, quando i giorni freddi di Denver si facevano sentire durante le vacanze scolastiche.

Persone di tutti i tipi si avventuravano in quella pasticceria e lei la adorava. Non c'era mai un momento di noia. Anche quando nel locale c'erano solo uno o due clienti, erano i *suoi* clienti. Dopo aver pensato che non sarebbe arrivata ai trent'anni, si stava avvicinando ai trenta e possedeva anche un'attività in proprio. Era una donna d'affari, una pasticcera, una donna che si prendeva cura degli altri... una sopravvissuta.

All'ultima parola strinse le labbra.

Una sopravvissuta.

Se avesse continuato a ripeterselo, leggendo giornali e siti web a caso che le dicevano più o meno la stessa cosa, allora un giorno avrebbe potuto crederci. Tuttavia, odiava quella parola e tutto ciò che ne derivava. Aveva combattuto e vinto, ma a quale costo?

Hailey scosse la testa. Non c'era tempo per quel genere di pensieri, in quella mattina di inizio febbraio. Anche quel giorno, doveva assicurarsi di riuscire a competere con le catene di caffetterie intorno a lei: su ciascun lato del Taboo c'erano Mega Starbucks a due isolati di distanza. Sul serio, Denver aveva uno Starbucks in ogni angolo, e dove non c'era uno Starbucks, c'era un Caribou Coffee o qualcos'altro del genere. Hailey non era mai riuscita a fare tanti soldi quanti ne facevano loro, ma se la cavava bene. Il suo obiettivo non era diventare milionaria o trasformare il suo piccolo negozio in una catena: voleva solo *vivere*.

Vivere era tutto ciò che aveva sempre voluto.

Quindi sarebbe stata competitiva nel suo piccolo mondo e si sarebbe assicurata che il suo bar fosse pronto per la prossima festività: il giorno di San Valentino. Era quasi arrivato. In realtà, il calendario automatico era appena scattato al primo febbraio, a mezzanotte. Avrebbe preparato biscotti e cupcakes rosa, decorati con tanti cuori; quella mattina avrebbe appeso le più belle decorazioni di San Valentino. Niente di eccessivo o sdolcinato, ma quel tanto di rosa che bastava a ricordarle la felicità e l'amore, non il rosa di ottobre che ogni anno le ricordava la lotta al tumore al seno.

Dannazione. Due volte in una mattina. Doveva smettere di deprimersi pensando al passato, doveva guardare al futuro con gli stessi occhi pieni di meraviglia che aveva da adolescente. I muscoli e le ossa doloranti si meritavano un po' di felicità.

Hailey raddrizzò le spalle e finì i preparativi per quella mattina. Aveva cominciato alle quattro e mezza del mattino. Gli orari della pasticceria erano impietosi, ma lei sapeva che altri colleghi dovevano svegliarsi ancora più presto. Hailey apriva i battenti della pasticceria alle sei, e ormai era quasi ora. Aveva due persone ad aiutarla, ma era Hailey stessa a occuparsi del forno e della maggior parte delle preparazioni di cucina. Gli altri lavoravano alla cassa e al servizio dei clienti, al bancone e ai tavoli, aiutavano anche con la preparazione di tramezzini e panini, a seconda del piatto del giorno, scaldavano le zuppe. Hailey si assicurava che non ci fosse mai un momento di noia al Taboo.

La porta tra il suo bar e il negozio accanto si aprì e lei si mise una mano sullo stomaco facendo pressione.

"Ho sentito odore di caffè," disse Callie mentre entrava, con i capelli neri striati di rosso particolarmente lucenti quella mattina. In effetti, sembrava brillare lei stessa di luce propria. I tatuaggi di Callie risaltavano sulla pelle color ambra scuro, sorrideva come se avesse le migliori notizie del mondo.

Considerando che Callie era incinta di sei settimane, Hailey supponeva che ne avesse ben ragione.

"Mi hai spaventato a morte," disse Hailey con una risata e si massaggiò di nuovo lo stomaco. Ricordava che in passato era solita massaggiarsi lo spazio sul cuore quando era nervosa o spaventata, ma era stato molto tempo prima.

Callie sussultò e si morse il labbro color rubino scuro. "Mi dispiace. Sono arrivata presto alla Montgomery Ink per lavorare su uno schizzo e avevo bisogno di un caffè."

Hailey aggrottò la fronte e andò alla caffettiera, che aveva acceso solo pochi istanti prima. "Ti darò solo del decaffeinato. Non voglio che quel sexy volpone argentato di tuo marito si metta a ringhiarmi contro. Anche se immagino che a te possa piacere quando lo fa con te, perché poi ti arrivano una sculacciata e un orgasmo, ma a me non piace."

Callie fece il broncio. "Va bene. Decaffeinato. Forse posso ingannare il mio corpo facendogli credere che sia vero caffè, così che mi dia comunque energia."

Hailey inarcò un sopracciglio mentre Callie saltellava da un piede all'altro. "Tesoro, un altro po' di energia e farai arrabbiare Maya e Austin quando entreranno nel negozio."

Callie alzò gli occhi al cielo prima di guardarsi intorno nel Taboo. "Oh, adoro quando decori per una nuova stagione e per le festività. Hai buon gusto, non riempi il bar di carta crespa e cuori che penzolano dal soffitto."

Hailey accese la macchina del decaffeinato e trattenne uno sbadiglio. Forse lei stessa aveva bisogno di caffeina. Con un sospiro, si versò una tazza di caffè normale e si mise all'opera aggiungendo schiuma di latte, panna montata e scaglie di cioccolato. Anche se non era un espresso, dato che non aveva voglia di prepararselo da zero in quel momento, poteva comunque divertirsi con le guarnizioni.

"Non mi dispiacciono la carta crespa e i cuori appesi," precisò Hailey mentre iniziava a lavorare sul decaffeinato di Callie. Con un po' di caramello e panna montata, lo zucchero avrebbe aiutato Callie a sentirsi come se stesse bevendo del vero caffè. Inoltre, tutto ciò che Hailey preparava era completamente naturale, quindi non c'erano sostanze chimiche aggiunte che potessero far male al bambino.

Callie prese la tazza che le veniva offerta con un sorriso. "Il mio tesssoro."

Hailey alzò gli occhi al cielo. "Va bene, Gollum. Bevi, e siediti, va bene? Sei troppo nervosa stamattina, eppure volevi anche la caffeina. Che succede?"

Callie si sedette e leccò la sua panna montata. "Sono solo felice, sai? Oggi, esattamente due anni fa, avevo appena iniziato a lavorare per Austin e per gli altri Montgomery. Austin e Maya mi hanno dato una possibilità, l'hanno data ai miei disegni. Ora faccio la tatuatrice di professione. Inoltre, il mio Morgan è stato il primo che ho tatuato tutto da sola, dopo che Austin mi aveva promosso da apprendista ad artista a tempo pieno. Non solo ho avuto modo di tatuare la migliore fenice del mondo, perché mio Dio, gli hai visto la schiena? Diamine, sì, ma mi sono anche innamorata di lui. E lui mi ricambia, anche se non abbiamo assolutamente la stessa età… e parlo davvero troppo. Ora siamo sposati e avremo un bambino! È irreale." Callie fece un grande sorriso e i suoi occhi si illuminarono. "A volte mi sembra di non meritarmelo. Come se un giorno dovessi svegliarmi e scoprire che era tutto solo un sogno, e dovessi tornare a fare quattro lavori per pagare l'affitto della mia casa sgangherata, senza Morgan al mio fianco ogni mattina. Lui è tutto il mio mondo, eppure in qualche modo riesce a essere perfino *più* di questo."

Le lacrime riempirono gli occhi di Callie e Hailey le allungò rapidamente alcuni tovaglioli. Chissà perché, il cuore di Hailey soffriva, quando invece avrebbe dovuto solo essere felice per l'altra donna. Lei e Callie avevano circa la stessa età, eppure avevano intrapreso strade così diverse che alcuni giorni Hailey si sentiva più vecchia di svariati anni. Loro due e Miranda, la sorella minore di Austin e Maya, erano le più giovani del gruppo di amiche con cui uscivano insieme. I Montgomery e la loro cerchia avevano un'età compresa tra i venticinque e i quaranta, quasi tutti i giorni le differenze di età non avevano importanza. Diavolo, Morgan ne aveva una quarantina e stava per avere un bambino da Callie.

L'età era solo un numero.

Erano il cuore e l'esperienza di una persona che facevano funzionare le cose.

Hailey non aveva trovato l'anima gemella, non aveva accanto quella persona che l'avrebbe aiutata a tirare fuori la migliore Hailey. Aveva solo se stessa e la sua voglia di andare avanti. Doveva contare qualcosa. E *non* sarebbe stata gelosa di Callie.

Solo perché Callie aveva incontrato l'uomo del destino, l'uomo che la considerava l'anima gemella allo stesso modo, non significava che non sarebbe successo anche ad Hailey.

Ovviamente, ad Hailey sembrava di aver già incontrato quell'uomo, ma era irrilevante. Quell'uomo non la voleva, quindi era comunque tutta acqua passata. Dannazione, ciò che importava in quel momento erano Callie e le sue lacrime, non qualunque cosa stesse succedendo nella testa di Hailey.

Hailey cacciò ogni pensiero di uomini sexy tatuati che non la volevano e fece il giro del bancone per abbracciare Callie.

"Tesoro, cosa c'è che non va?"

"Sono felice," singhiozzò Callie. "Oh, Dio. Sono solo nel primo trimestre e già gli ormoni stanno prendendo il sopravvento. Com'è possibile? Pensavo che le lacrime e gli sbalzi d'umore arrivassero nel terzo trimestre e subito dopo l'arrivo del bambino."

Hailey baciò Callie sui capelli scuri e sospirò. "Penso che dipenda dalla persona. Non sono mai stata incinta prima, quindi non lo so con certezza. Puoi chiedere a Sierra o Meghan, però." Sierra era la moglie di Austin, il fratello di Meghan. Anche loro due facevano parte della cerchia di amicizie di Hailey e Callie. "Hanno già passato tutto questo prima di te. Meghan due volte, addirittura. E chissà, dato che lei e Luc ne stanno cercando un altro, potrebbe rimanere incinta da un giorno all'altro ed essere solo un paio di mesi dietro di te".

"Sarebbe carino," disse Callie mentre tirava su col naso, poi si asciugò il viso con i tovaglioli extra che Hailey le aveva dato e sospirò. "Che follia. Sono venuta qui perché ti voglio bene e, diciamocelo, per il caffè, e ora sono in lacrime."

"Benvenuta nello stato di gravidanza." Anche se Hailey non aveva esperienza diretta della gravidanza, i trattamenti medici che aveva ricevuto in passato le avevano causato fluttuazioni ormonali simili. Un minuto era felice e sorridente, quello successivo stava singhiozzando in modo incontrollabile, per poi essere travolta da una rabbia mai provata prima. Le sostanze chimiche potevano tecnicamente essere fuori dal suo corpo, ma a volte subiva comunque quegli sbalzi d'umore, se non faceva attenzione a controllarsi.

Hailey aveva tenuto nascosti la sua precedente malattia e il suo passato, quindi non poteva dirlo a Callie. Non sapeva perché non ne avesse mai parlato. O meglio, lo sapeva benissimo. Una volta pronunciata la parola *cancro*, quell'etichetta le sarebbe rimasta appiccicata per il resto della vita.

Non sarebbe più stata Hailey, la donna con il caschetto biondo platino e le labbra rosse.

Non sarebbe stata Hailey, proprietaria di un bar e imprenditrice.

Non sarebbe stata Hailey, la donna dai mille segreti che aveva un legame con l'uomo sexy della porta accanto, legame di cui nessuno parlava ma di cui tutti conoscevano l'esistenza.

Sarebbe diventata solo Hailey, sopravvissuta al cancro al seno.

Hailey, mutilata.

Hailey, non più una donna completa.

Si schiaffeggiò mentalmente. Quanto tempo era passato, e lei si sentiva ancora così? Erano passati anni dagli interventi chirurgici, dai trattamenti. Era libera dal cancro. Era passato abbastanza tempo da potersi definire *libera* dal cancro, non solo in via di guarigione.

Hailey non era la stessa donna di prima, ma in tutta onestà, chi rimaneva la stessa persona che era a vent'anni?

Doveva mettere da parte quei pensieri e preoccuparsi per Callie, in quel momento. Un giorno molto vicino avrebbe raccontato alle ragazze del suo cancro. Non le conosceva ancora, quando si era ammalata, ma mantenere un segreto come quello la stancava. Inoltre, voleva assicurarsi che le ragazze si prendessero cura di se stesse. Lei era giovane quando le era stata diagnosticata la malattia, troppo giovane per quel tipo di malattia, eppure aveva dovuto affrontare tutto ciò che ne derivava. Non voleva che le sue amiche affrontassero le stesse problematiche.

Nessuno si meritava una cosa del genere.

"Sono felice," ripeté Callie, stavolta senza lacrime negli occhi. "E Morgan impazzirà quando scoprirà che oggi ho pianto. Perché anche se non gli dico niente, lui lo capirà. È proprio così empatico."

Hailey baciò la guancia della sua amica e si lasciò sfuggire una risata. "È perché ti ama."

Oh, essere amata così. Incondizionatamente. Sapere che qualcuno sa leggerti nel profondo e conosce ogni tua emozione, e si prende il tempo per preoccuparsi e per confortarti da quella sensazione...

Hailey era davvero gelosa, ma non importava. Callie si meritava tutto quello che aveva e molto di più.

Tutte le sue amiche se lo meritavano.

"Mi ama, vero?" disse Callie con un sorriso. "Va bene, ora che ho preso il caffè e ho pianto sulla tua spalla, torno in negozio a lavorare come avevo detto." Poi emise un sospiro profondo. "Un altro motivo per cui sono qui all'alba è che Morgan aveva un appuntamento molto presto. Una telefonata con qualcuno in un altro fuso orario. Odio stare a casa da sola. Quindi grazie per essere come sei e per avermi permesso di sfogarmi. I ragazzi e Maya dovrebbero arrivare in negozio un po' più tardi. Li spedirò qui perché quei brownies sembrano buoni da morire."

Hailey sorrise. "Sono *assolutamente* fantastici. Ne ho assaggiato uno stamattina. Strettamente per motivi di lavoro, s'intende."

"Il modo in cui mantieni le tue curve da pin-up degli anni Cinquanta *pur* assaggiando tutti i tuoi dolci va oltre la mia comprensione."

Hailey sbuffò. "Ci vuole molto yoga e molta corsa per mantenermi nella mia forma attuale, grazie mille. E tu hai le dimensioni di una delle mie gambe, quindi stai zitta."

Callie alzò gli occhi al cielo, poi tornò con passo leggero verso la Montgomery Ink. Hailey adorava il fatto che ci fosse una porta a collegare i due negozi. Quando Hailey aveva aperto il suo bar per la prima volta, quattro anni prima, si era sentita intimidita dagli uomini tatuati, barbuti e molto accigliati della porta accanto. E poi c'era anche Maya.

Maya era una delle sorelle Montgomery e faceva la tatuatrice, era una forza della natura con cui fare i conti: tutta inchiostro, piercing e personalità. Quindi, ovviamente, Hailey era diventata subito sua amica. Nonostante i sentimenti contrastanti per le persone della porta accanto, sentimenti che inizialmente non aveva capito del tutto, presto si era innamorata dei loro legami, delle loro personalità e del senso della famiglia che tutti loro avevano. Erano rumorosi quando volevano, ma silenziosi e rispettosi nelle circostanze che lo richiedevano. Festeggiavano quando ne avevano voglia e altre volte organizzavano piccole uscite. Non erano mai duri e scontrosi al punto tale da poter incutere paura a chi stava con loro. Alcune persone potevano essere stronze e giudicare i Montgomery sulla base dei loro tatuaggi, e sì, anche delle loro abitudini sessuali, ma Hailey aveva trovato le sue anime gemelle. La sua famiglia.

Lei non aveva una famiglia tutta sua, quindi era bello essere adottata nella loro, accolta a braccia aperte. Sebbene la porta tra i negozi fosse già lì prima che lei comprasse il locale, i Montgomery non l'avevano mai usata con la precedente proprietaria, una donna anziana perbene che non aveva tempo per quei mascalzoni tatuati.

Erano state davvero le sue parole testuali.

Ultimamente invece la porta non era mai chiusa, i Montgomery e i loro dipendenti potevano entrare e uscire dal Taboo a piacimento, quando volevano cibo e caffeina. Anche Hailey andava spesso da loro con vassoi di leccornie, a volte anche a mani vuote, solo per vedere le bellissime opere d'arte che tatuavano.

Lei era ancora una tela vergine, ma sapeva che un giorno avrebbe voluto un tatuaggio tutto suo.

Un giorno sarebbe stata abbastanza coraggiosa da chiederlo.

Non era il tatuaggio a farle paura, o gli aghi. Dio solo sapeva quanti ne aveva già incontrati nella vita, grazie alla chemio, alle radiazioni e agli innumerevoli test e trattamenti.

No, la sua paura aveva a che fare con la persona da cui voleva farsi tatuare.

Anche se Maya, Austin e Callie si sarebbero volentieri prodigati per aiutarla con il tatuaggio e con le paure che ne derivavano, non voleva che lo facessero loro. Aveva in mente qualcun altro.

Qualcuno con cui aveva paura di parlare, per paura di cosa le sarebbe scappato fuori.

Qualcuno a cui non importava di lei quanto a lei importava di lui.

Il telefono di Hailey vibrò e lei sospirò. Era una giornata di pensieri malinconici, a quanto pareva. Spense il timer del telefono, poi andò nella parte anteriore del bar per girare il cartello su *Aperto* mentre sbloccava la porta. Due dei suoi clienti abituali del mattino le sorrisero, erano due uomini in giacca e cravatta, che ebbero la cortesia di spegnere il telefono prima di entrare nel bar.

"Buongiorno, signori," disse con un sorriso. "I soliti?"

"Lo sai bene," disse uno.

"Ovviamente," aggiunse l'altro.

Hailey sorrise ancora di più, poi tornò al bancone per prendere le bevande e le paste. Presto avrebbe avuto qualcuno ad aiutarla alla cassa, non sarebbe più stata sola. L'aria frizzante del mattino era filtrata dalla breve apertura e chiusura della porta; mentre lavorava velocemente, Hailey sentiva che quella sarebbe stata una bella giornata.

Ogni giorno in cui avrebbe potuto fare ciò che amava sarebbe stato un giorno migliore del precedente.

Quando Corrine entrò e prese il comando della postazione all'entrata, Hailey era già carica dell'adrenalina della folla mattutina. Niente di meglio che guadagnarsi da vivere facendo qualcosa che amava. I brownies erano un successo e il primo vassoio che aveva preparato era sparito in un attimo. Normalmente, ne avrebbe conservati alcuni per la folla pomeridiana, in modo che i clienti mangiassero anche i suoi bagel e le altre delizie mattutine, ma non aveva avuto il coraggio di nasconderli nel retro. E non aveva nemmeno voluto.

Lei stessa avrebbe voluto mangiarli tutti e guadagnare tutto il peso su cui Callie aveva scherzato. Tuttavia, stare sdraiata sul pavimento della cucina in coma iperglicemico non era il modo migliore per gestire una pasticceria.

La mattinata trascorse velocemente e presto Hailey si trovò in un momento di leggera calma. Dopo aver parlato con Corrine, preparò un vassoio di pasticcini e tazze di caffè da asporto, ognuna personalizzata in base al cliente a cui era destinata. Non era sicura di chi lavorasse quel giorno alla Montgomery Ink, ma sapeva che almeno i titolari sarebbero stati lì e conosceva bene il loro drink preferito. Anche se ne avesse preparati alcuni di troppo, niente sarebbe andato sprecato. Austin e Maya se ne sarebbero assicurati.

Hailey si fece strada attraverso la porta e trattenne un sospiro al suono degli aghi che ronzavano e alle voci profonde impegnate nelle conversazioni. Amava la Montgomery Ink. Era in parte anche casa sua.

"Caffeina! Facciamo un figlio insieme. Possiamo fare dei bambini insieme, mamma sexy?" chiese Maya mentre cullava il suo caffè e la pasta alla crema.

Hailey sbuffò. "Stai parlando con me o con il caffè?"

Maya le fece l'occhiolino e il piercing sul sopracciglio brillò sotto le luci. "Sì."

Hailey scosse la testa e offrì un drink ad Austin, che le diede un bacio sulla guancia. La barba di Austin la solleticava e ancora una volta Hailey avrebbe voluto prostrarsi ai piedi di Sierra dalla gelosia. Sul serio, quell'uomo era sexy. Tutti i Montgomery erano sexy.

Presto Hailey si ritrovò con un solo drink sul vassoio, insieme a un unico pasticcino alla ciliegia e crema di formaggio.

Quello che *lui* preferiva.

Dietro l'area di lavoro di Maya c'era un'altra postazione.

Quella di Sloane Gordon.

Alto quasi due metri, più di novanta chili di muscoli coperti di inchiostro, la pelle marrone chiaro perfettamente valorizzata dai tatuaggi. Era un uomo da sesso puro. Tutto il sesso immaginabile. Sloane si era rasato la testa anni prima. Hailey era convinta che la tenesse rasata solo per eccitare lei. Teneva la barba corta, che insieme alla testa calva apparentemente le causava un nuovo tipo di eccitazione.

Chi l'avrebbe mai detto?

Sloane aveva dieci anni più di Hailey e, sebbene non ne parlasse, lei sapeva che aveva attraversato guerre, battaglie e cuori infranti.

E lei lo amava.

Ma lui non si era mai *accorto* di lei. Non aveva mai fatto un passo verso di lei. Sembrava addirittura pronto a ringhiarle contro per la maggior parte del tempo.

Proprio come stava facendo in quel momento.

"Pensavo ti fossi dimenticata di me," le disse con voce bassa e roca.

Lei scosse la testa, poi sollevò il mento. "No, ecco qui il tuo caffè." Dopo avergli consegnato il caffè e il pasticcino, attenta a non sfiorargli le dita con le proprie, abbassò lo sguardo sul cliente di Sloane, che si stava facendo completare un tatuaggio sulla schiena.

Mentre Sloane sembrava pericoloso e consumato dalle battaglie, quel ragazzo sembrava più gentile, ma affatto tenero. Aveva i capelli più lunghi in alto, gli ricadevano sulla fronte e sugli occhi, mentre sui lati erano tagliati corti. Portava la barba corta e sorrideva come se fosse la cosa più naturale del mondo. I suoi occhi verdi splendevano e Hailey non riuscì a trattenersi dal sorridergli di rimando.

"Salve," disse lui con un accento strascicato.

Oh mio Dio. Un accento del sud, solo un accenno di cadenza, ma non troppo. Se Hailey non fosse stata in presenza dell'unico uomo che il suo corpo e la sua anima avevano scelto per lei, le sue ginocchia avrebbero potuto cedere al sentire quella parlata.

"Ciao," disse lei di rimando, ben consapevole che Sloane la stava pugnalando con lo sguardo.

"Come ti chiami?" le chiese lo sconosciuto. "Io sono Brody."

"Ciao, Brody. Io sono Hailey. Sono la proprietaria del Taboo della porta accanto."

Il sorriso dell'uomo si allargò, mostrando un po' di fossette. "Ci sono passato davanti un paio di volte, ma ora so che la prossima volta devo entrare."

Lei scosse la testa con una risata. "Capisco. Hai sentito il profumo dei miei prodotti da forno e ora verrai dentro."

"Non sono stati i tuoi dolci a farmi venire voglia di entrare."

Cosa stava facendo Hailey? Flirtare con un altro uomo di fronte a Sloane in quel modo? E perché avrebbe dovuto importarle? Lei e Sloane non stavano insieme. E non lo sarebbe mai stato. Non avrebbe mai avuto Sloane Gordon nella sua vita, a parte poche parole brusche e grugniti di ringraziamento. Era giovane, sana e *viva*. Era libera di flirtare ogni volta che voleva.

Decisa a non guardare Sloane, né a notare

quanto fosse diventato silenzioso l'interno della Montgomery Ink, inclinò la testa e si mise una mano sul fianco.

"Davvero?" chiese.

"Davvero. Che ne dici se vengo da te dopo aver finito questo e mi godo uno dei tuoi dolci, dolcezza?"

Lei rise, gettando indietro la testa. "Oh, tesoro, che battuta terribile, ma sei il benvenuto. Ti darò qualcosa di... dolce." Hailey gli fece l'occhiolino, poi si girò verso la porta e ancheggiò più del solito mentre si allontanava.

Anche se non poteva avere l'uomo che voleva, almeno poteva comportarsi da donna *libera*.

Non era la stessa donna che era prima che il cancro le distruggesse il corpo e l'anima, ma era pur sempre Hailey Monroe.

Forte.

Viva.

E fastidiosamente single.

Forse era arrivato il momento di risolvere quel problema. Sloane o non Sloane.

Capitolo due

SLOANE GORDON COSTRINSE IL PIEDE A SCENDERE dal pedale e con cautela, con estrema cautela, posò la pistola per tatuaggi sul suo bancone. Mutilare permanentemente lo stronzetto sulla sedia sarebbe stato un errore per gli affari. Inoltre, non aveva voglia di finire in prigione per aver fatto del male a quel pezzo di merda. Sloane già normalmente sembrava qualcuno che avesse passato qualche anno dietro le sbarre, anche se non l'aveva fatto. Non aveva bisogno di rendere reale quell'immagine.

Ma l'uomo di fronte a lui era *molto* vicino a farsi prendere a calci in culo.

Chi cazzo portava i capelli in quel modo? Quel ragazzo sembrava far parte di una boy band e avrebbe dovuto essere a saltellare su un palco, mentre le ragazzine urlavano il suo nome. Certo, Brody sembrava avere più o meno l'età di Hailey ed era un *po'* più muscoloso dei ragazzini che cantavano di amori perduti e di stare per sempre insieme, ma era una questione di principio.

Nessun uomo doveva provarci con una donna mentre lei è al lavoro. Soprattutto non quando suddetta donna era Hailey Monroe.

La Hailey di Sloane.

Solo che lei non era sua. Contrariamente all'opinione comune, lui non era mai stato con Hailey, anche se ci aveva pensato. Spesso. Non l'aveva mai tenuta tra le braccia, non le aveva mai preso la guancia e sentito la morbidezza della sua pelle, perché dannazione, doveva essere morbida. Si capiva e basta. Morbida, calda e perfetta.

Hailey Monroe non era di Sloane e lui doveva mantenere il controllo.

I due avevano sentito un legame sin dalla prima volta che si erano visti, ma lui non si era mai fatto avanti per rivendicarla. Non che una donna fosse una cosa che potesse rivendicare come sua e tutto il resto, ma si era tenuto in disparte. Sapeva che lei non era destinata a lui, o meglio, che *lui* non era adatto *a lei*. Quindi aveva fatto la cosa migliore possibile e aveva mantenuto le distanze.

Ma ciò non significava che fosse felice di vedere un nuovo ragazzo con troppo gel per capelli che ci provava con lei. Ovviamente, Sloane aveva anche notato il modo in cui Hailey aveva flirtato subito di rimando. Mentre si allontanava, aveva anche mosso i fianchi quel tanto che bastava per far sapere a tutti di essere consapevole di essere osservata.

Che diavolo stava succedendo?

Nei pochi anni in cui si erano girati intorno a vicenda, senza mai avvicinarsi davvero, non l'aveva vista neanche una volta uscire con qualcuno, non l'aveva mai vista flirtare con un altro uomo, a parte un ammiccamento o due. Quelle strizzatine d'occhio, lo sapeva, erano dovute solo alla sua personalità. Ma lui le voleva comunque tutte per sé.

Era un bastardo egoista e non voleva che lei flirtasse con Brody. Non voleva vederla con un altro uomo, punto, specialmente non con uno con cui aveva flirtato proprio di fronte a lui.

Che tipo di uomo era Sloane per pensare certe cose?

La voleva, ma non poteva stare con lei, quindi non avrebbe permesso che neanche gli altri la avessero.

Non era sicuro che gli piacesse l'uomo che era diventato, ma diavolo, non poteva trattenersi.

Avrebbe potuto dire che era sempre stato così, ma sarebbe stata una bugia. Non aveva mai reagito in quel modo nel vedere un altro uomo ronzare intorno ad Hailey. Ma anche lei non aveva mai ricambiato, prima di quel giorno. Certo, in passato Griffin aveva scambiato qualche battuta con Hailey e lei aveva sorriso, ma Griffin non avrebbe mai oltrepassato il limite. Adesso stava con Autumn e quindi non era più una preoccupazione per quanto riguardava Hailey.

C'era una regola non scritta secondo cui Hailey era *sua*, e Sloane aveva bisogno di capire cosa fare al riguardo. Sapeva di non avere il diritto di farci niente, ma questo non gli impediva di sognare, di farsi delle domande.

Alzò lo sguardo dalle proprie mani e incontrò gli occhi di Austin Montgomery. Il suo capo inarcò un sopracciglio e fece una faccia preoccupata. Sloane non poteva biasimarlo. *Lui stesso* non era del tutto sicuro di cosa avrebbe fatto. Non era colpa di Brody se si era intromesso in qualcosa che nemmeno Sloane capiva. Ciò non significava che Sloane avrebbe reso le cose facili per quel ragazzo.

Sloane e Hailey si erano esibiti in una specie di danza del corteggiamento sin dal primo giorno. A volte si erano avvicinati leggermente, ma poi l'uno o l'altro si allontanava di nuovo. Parlavano di tutto e di niente allo stesso tempo. Lei gli metteva sempre da parte i biscotti migliori e si assicurava di nutrirlo e di prendersi cura di lui, a prescindere da tutto. Lui si assicurava sempre che lei fosse al sicuro e non la lasciava mai andare da sola alla macchina parcheggiata sul retro. Alle uscite sociali in cui si trovavano insieme, in compagnia, di solito si sedevano vicini o di fronte l'uno all'altra. Non si erano mai sfiorati, ma si erano sempre assicurati di stare vicini.

Gli altri sapevano che c'era *qualcosa* tra lui e Hailey. Diavolo, i ragazzi e Maya lo prendevano in giro spesso sull'argomento. Il problema non era che Sloane facesse o meno una mossa, solo che voleva assicurarsi che fosse il momento giusto per farla.

Sbatté le palpebre. Beh, diavolo, quell'idea era nuova. A quanto pare, *avrebbe* fatto una mossa. Quasi mai si trovava nella giusta forma mentis per la giornata, figuriamoci nella giusta predisposizione per stare con Hailey. Si sarebbe mosso lentamente, voleva assicurarsi di non spaventarla, di non fare la scelta sbagliata. Perché quando avesse fatto la sua mossa, ammesso che accadesse, non ci sarebbe stato più modo di tornare indietro. Voleva essere tutto per lei, proprio come lei era già tutto per lui. Hailey sarebbe stata sua nel corpo e nell'anima, e lui si sarebbe assicurato di darle tutto se stesso e tutto ciò che aveva. Non si sarebbe trattenuto, donandosi a lei anima e cuore. Ma una certa oscurità sarebbe dovuta rimanere per lui e solo per lui.

Finché Sloane non fosse riuscito a sapere con certezza che l'oscurità che aveva dentro non avrebbe toccato Hailey, avrebbe dovuto trattenersi. Sapeva che stava giocando con il fuoco, aspettando così tanto, osservandola per anni senza mai fare qualcosa in più. Ma anche lei si era trattenuta. Anche lei sapeva che non era ancora il momento giusto.

O forse lui si sbagliava? Forse aveva già sbagliato e ora stava per perderla del tutto. Perderla per qualcuno più vicino all'età di Hailey, qualcuno che l'aveva fatta ridere e le aveva fatto brillare gli occhi.

Sloane voleva essere l'uomo che le faceva gettare indietro la testa, facendola ridere in quel modo. Voleva essere tutte quelle cose e altro ancora. Ma non poteva, non ancora. Non era il momento, ma rischiava che il momento giusto non arrivasse mai più.

Gesù, gli faceva male la testa per tutti quei pensieri contraddittori. La voleva, la desiderava, ma non si sentiva all'altezza di Hailey. Non sarebbe mai stato puro, per lei. Ma a un certo punto avrebbe dovuto lasciar perdere quella storia. Rendersi conto che anche se lui non era luce, ma piuttosto oscurità, apparteneva comunque a *lei*. Doveva bastare.

Se Sloane non era abbastanza per Hailey, allora dannazione, nessuno lo era. Questo Brody, con i suoi capelli con troppo gel, non si avvicinava nemmeno a essere ciò di cui lei aveva bisogno.

"Ci stiamo prendendo una pausa?" chiese Brody guardandosi alle spalle. "Va tutto bene là dietro?"

Maya si schiarì la gola e Sloane allontanò l'attenzione da Brody per dirigerla verso l'altra stazione di tatuaggi. L'altro suo capo, l'amica Maya strinse le labbra, sorprendendolo. Sloane si aspettava che Maya facesse una battuta sarcastica o che avesse qualcosa da dire su quello che era appena successo. Anche Callie era al fianco di Maya, con gli occhi spalancati e un'espressione sorpresa. Lui non biasimava quella donna così giovane. Da quando l'aveva conosciuta, anche Callie aveva sempre cercato di capire perché lui non stesse con Hailey.

Come poteva dire loro che non era degno di quello schianto di bionda, che aveva lei stessa dei segreti? Che se fosse stato con lei, avrebbe contaminato la bellezza della sua anima, la squisitezza del suo sorriso. Ed era esattamente quello che aveva già fatto una volta. Aveva trascinato nell'ombra, inciso nel profondo e fatto marcire l'anima di qualcuno a causa di ciò che aveva fatto, di ciò che aveva visto.

Ma era un bastardo egoista. E sapeva di esserlo. Sloane sapeva che forse era giunto il momento di alzarsi in piedi e prendere l'iniziativa a cui si era sottratto per anni. Per fare ciò, tuttavia, doveva assicurarsi che quel ragazzo stesse al suo posto.

"Merda," borbottò Brody sottovoce. "Mi sono intromesso, vero?" Il giovane si girò leggermente sulla sedia e fece una smorfia. "Non sapevo che stesse con te, fratello. Ho soltanto visto una bella ragazza senza anello al dito e ho pensato che fosse tranquillo provarci. Mi dispiace. Non sapevo che fosse impegnata."

Sloane sospirò, la rabbia per quel ragazzo si placò leggermente, anche se il turbinio di autocommiserazione era in aumento. Fantastico.

"Lei non è..."

Brody scosse la testa. "Sì, lo è. Ho visto il modo in cui l'hai guardata, e so che sei prossimo a staccarmi la testa dalle spalle. Anche se non stai uscendo con lei ufficialmente, mi sono comunque intromesso tra voi. Andrò lì, ma poi mi tirerò indietro. Me ne andrei anche ora, ma non sarebbe giusto e non voglio ferire i suoi sentimenti. Sai che intendo?" Poi scrollò le spalle. "Se non vuoi finire il mio tatuaggio, lo capisco."

Sloane era consapevole che gli altri lo stavano fissando, aspettando che confermasse o negasse la sua cosiddetta relazione con Hailey. Aspettavano che dicesse qualcosa. Qualsiasi cosa.

"Non ho intenzione di rovinare il tuo tatuaggio, ragazzino."

Brody inarcò un sopracciglio. "So che sto rischiando la vita, ma non sono molto più giovane di te. Non c'è bisogno che mi chiami ragazzino."

Maya borbottò qualcosa sottovoce sugli sciocchi insolenti, mentre Austin gemette.

"Mi stai chiedendo di prenderti a pugni in faccia, vero?" ringhiò Sloane, con voce bassa e profonda. Anche se in realtà la sua voce era sempre bassa e profonda.

"Non proprio. Ho solo pensato che se chiami ragazzino *me*, e Hailey sembra avere più o meno la mia età, allora forse consideri anche *lei* una ragazzina."

"Gesù Cristo," ringhiò Austin, tossendo anche in un modo che suonava sospettosamente come una risatina.

"Che ne dici di stare zitto e lasciarmi finire il tatuaggio?" chiese Sloane con noncuranza, sebbene si sentisse tutt'altro che disinvolto. "Dopodiché puoi uscire di qui e la finiremo così."

Brody sospirò, poi si voltò in modo che Sloane potesse lavorare sulle ultime sfumature del tatuaggio. "Come vuoi tu, Sloane. Ma devo dire che se Hailey mi sorride in quel modo, forse devi alzare un po' il tiro e fare qualcosa per lei. Perché se dici che non state insieme, ma ti comporti come se nessun altro potesse stare con lei, questo potrebbe causare dei problemi. Così, per dire."

"Brody, per l'amor di Dio, chiudi quella bocca," sbottò Maya. "Ha una pistola per tatuaggi a un centimetro dalla tua pelle. Vuoi davvero farlo incazzare?"

"Non ha intenzione di rovinare il mio tatuaggio," disse lentamente Brody. "L'ha appena detto."

"Potrei cambiare idea," disse Sloane. Non l'avrebbe fatto. Nessuno della squadra della Montgomery Ink l'avrebbe fatto. Anche incazzati, non avrebbero rovinato un tatuaggio. Quello era il loro reddito, la loro passione, la loro vita. Danneggiare il tatuaggio non era un'opzione.

"Non lo faresti mai," disse Brody con calma.

"Ti sto simpatico, anche se adesso vuoi darmi un pugno in faccia."

Sloane ridacchiò lentamente e vide le spalle di Austin rilassarsi a quel suono. "Diavolo, ragazzo, hai un ego di tutto rispetto."

"Aiuta con le donne. Anche se non con la tua signora. Non andrò a caccia nel tuo territorio."

Se Sloane non avesse voluto prendere a calci in culo quel ragazzo per aver osato avvicinarsi a Hailey, avrebbe potuto diventare amico di quell'idiota. In realtà, stava sospendendo il giudizio su di lui, fino a quando non fosse riuscito a capire cosa diavolo avrebbe fatto con Hailey. Non poteva andare avanti così, non poteva continuare a dare di matto se un altro uomo le si avvicinava. Certo, non era mai impazzito davvero, prima di quel giorno. Era una prima volta.

Hailey aveva sorriso a Brody.

Gli aveva rivolto uno dei sorrisi che appartenevano *a Sloane*.

Dannazione. Doveva togliere la testa dalla sabbia.

Sloane finì il lavoro di Brody in silenzio, poi si stirò la schiena mentre l'altro uomo si alzava e si passava una mano tra i capelli.

"Va bene, vado a dire a Hailey che non passerò

più tardi. In questo modo non la faccio sentire una merda o qualcosa del genere, capisci?"

Sloane alzò appena un sopracciglio. "Le hai detto che saresti passato a trovarla dopo aver finito con il tatuaggio. Ora il tatuaggio è finito, quindi andare lì a dirle che non ti fermerai più tardi mi sembra un'idiozia."

Brody si limitò a scrollare le spalle. "Non fare nulla per una donna per cui provi chiaramente dei sentimenti, questa a me sembra un'idiozia."

"Oh, mio Dio," mormorò Maya, e Austin si lasciò sfuggire una risatina roca.

"State zitti, Montgomery," abbaiò Sloane. Dannati Montgomery, sempre a impicciarsi dei fatti suoi.

"Il ragazzo non ha torto," disse tranquillamente Austin. "Sono anni che giri intorno a quella ragazza. Se non hai intenzione di fare qualcosa al riguardo, forse è ora di fare marcia indietro."

Sloane emise un ringhio cupo e strinse gli occhi a quello che una volta era suo amico. Austin ricambiò lo sguardo, impenitente. Sloane gli mostrò il dito medio, poi riportò la sua attenzione su Brody.

"Perché non te ne vai e mi occupo io di Hailey?"

Brody inarcò le sopracciglia. "E se invece scelgo

di entrare, in modo che lei non pensi che io sia uno stronzo?"

Sloane ringhiò e Brody alzò le mani in segno di resa. "Al diavolo, Sloane. Va bene, ma è meglio che tu vada da lei e ti assicuri che non si senta in colpa, se non sono entrato. Hai capito? Perché sarebbe una cosa di merda da fare."

"Mi assicurerò che lei capisca." Non che lui avesse capito. Che diavolo stava facendo comunque? Adesso cacciava via gli uomini interessati ad Hailey e si comportava come un completo idiota. Avrebbe dovuto andare da lei e parlarle di sentimenti e roba del genere. Certo, di solito parlavano di tutto ciò di cui era possibile parlare, a patto che non avesse nulla a che fare con ciò che era importante, ma Sloane aveva la sensazione che questo sarebbe stato importante.

Perché diavolo stava cambiando le cose?

Perché diavolo aveva detto di sì a Brody?

Brody inclinò la testa. "Sai cosa c'è, fanculo. Vado lì per dirle che non andrò per il dolce. Non sarò io a passare per uno stronzo. Sarai tu."

Sloane voleva allungare la mano e afferrare il ragazzo per il collo, ma si trattenne. L'altro uomo attraversò la porta che collegava Montgomery Ink e

Taboo, lasciando Sloane a sentirsi un idiota di proporzioni epiche.

"Non posso credere ai miei occhi," disse Callie a bassa voce. "So che tu e Hailey avete questa... cosa, qualunque cosa sia, ma sul serio, tu l'hai appena calpestata."

"Non iniziare a rompere, Callie."

"Non arrabbiarti con lei, è incinta," sbottò Maya.

A quel punto fu Sloane ad alzare le mani in segno di resa. "Gesù. Cosa diavolo è preso a tutti, oggi?"

Maya si avvicinò a Sloane, il piercing alle sopracciglia brillava sotto le luci. "Chissà, forse è perché ti abbiamo visto comportarti come un idiota, eppure sembra che tu non te ne accorga."

Sloane si passò la lingua sui denti. Oh, sapeva di essere un idiota, ma non sapeva come smettere di esserlo. Di recente non era stato in grado di fermare molte cose, eppure continuava a commettere errori. Continuava ad avvicinarsi sempre di più ad Hailey, sapendo che alla fine sarebbe stato lui a ferirla. All'inizio era rimasto lontano da lei per un motivo ben preciso, poi si era assicurato di tenere sotto controllo i propri sentimenti quando non era stato più in grado di starle lontano.

Poi si era immischiato in qualcosa che in verità non erano affari suoi. In parte non gli importava, in parte voleva averla fino alla fine dei suoi giorni. Ma la parte razionale della sua mente sapeva che aveva bisogno di starne alla larga. Sarebbe stato meglio per tutti se si fosse tenuto da parte e se avesse lasciato Hailey dall'altra parte del muro.

Invece aveva appena fatto un casino.

Davvero.

"Non hai intenzione di dire niente?" gli chiese Maya, scrutandolo in viso; però Sloane non la vide arrabbiata, ma delusa. Niente lo feriva più profondamente che leggere la delusione negli occhi dei suoi amici. "Voglio che tu sia felice, Sloane. Non lo capisci?"

"Potrei dire lo stesso di te," disse lui senza pensarci.

Gli occhi di Maya si spalancarono per un momento, il suo viso impallidì. "Sai che ti dico? Al diavolo. Me ne frego. Fatti del male, blocca ogni emozione che pensi di poter provare, ma se ferisci Hailey più di quanto hai già fatto, ti prendo a calci nelle palle."

Con quelle parole, Maya se ne andò infuriata e Sloane chiuse gli occhi, maledicendosi. Anche lei aveva i suoi problemi personali e lui non avrebbe dovuto menzionarli, neanche vagamente. Gli amici non si comportavano così, non affondavano il coltello laddove sapevano che avrebbe fatto più male.

Eppure Sloane continuava a fare cazzate.

"Perché non vai a farti una passeggiata, oppure a disegnare?" gli chiese pacatamente Austin. "Prenditi una boccata d'aria."

Sloane sospirò e annuì brevemente. La Montgomery Ink era la sua famiglia, non doveva mai dimenticarlo. Per troppo tempo aveva girato intorno a quello che Hailey significava per lui, a quello che voleva lei fosse per lui, e ora doveva affrontarne le conseguenze. Gli altri avevano sempre saputo che c'era qualcosa che bolliva sotto la superficie, tra loro due, ma ora lui aveva fatto qualcosa di eclatante che confermava quella... connessione.

Non appena Hailey avesse scoperto cosa aveva fatto, lui sarebbe stato pronto.

Sloane chiuse la porta dell'ufficio dietro di sé e si lasciò scappare un sospiro, passandosi la mano sul viso. Poi si sedette alla scrivania principale e fece scorrere le dita lungo i margini del suo quaderno degli schizzi. Era un artista fin da quando poteva ricordare, ma nonostante ciò non si era mai considerato tale. Era bravo con la matita sin da quando era bambino, eppure l'aveva sempre tenuta nascosta nel giubbotto antiproiettile. Non voleva che gli altri sapessero cosa era in grado di fare. Non quando una debolezza come l'arte avrebbe potuto significare un pugno in faccia.

Aveva imparato molto tempo prima che le sue dita erano più adatte a un grilletto, più che alla grafite o all'inchiostro.

O almeno così gli aveva detto suo padre.

La sua pelle si tese quando strinse i denti, costringendosi a prendere lunghi respiri regolari, invece di quelli brevi e corti che i suoi polmoni sembravano anelare. Sentì il torace contrarsi e si strofinò il pugno all'altezza del cuore.

Si infilò gli auricolari nelle orecchie e scelse del rock alternativo, con pochi bassi e un cantante dalla voce morbida che non strillasse di cuori infranti e mancanza di empatia. Sloane aveva bisogno di calmarsi prima di rischiare un altro attacco di ansia. Non ne aveva mai avuto uno in mezzo al negozio, ma quel giorno ci era andato dannatamente vicino. Era passato un decennio da quando era stato nell'esercito, eppure poteva ancora sentire le urla, gli spari che sembravano non quietarsi mai. Se prendeva respiri profondi e si concentrava sul disegno, riusciva a calmarsi abbastanza per non iniziare a sudare freddo. Se avesse respinto il dolore, non avrebbe vomitato sul pavimento, non si sarebbe fracassato la mano contro il muro solo perché non conosceva un altro modo di sfogarsi.

Sloane seguì il ritmo con la testa e si forzò ad aprire gli occhi. Le sue mani ancora una volta accarezzarono l'album degli schizzi, prima che decidesse di aprirlo con la matita in mano. Aveva alcuni disegni da finire in modo che fossero pronti per i clienti, ma anche idee nella testa, bozze che avrebbe potuto disegnare solo per rilassarsi, ma la sua mente non si stava concentrando.

Non riusciva a concentrarsi.

Una mano gli toccò la spalla e lui si voltò scattando in piedi tutto d'un fiato, con la mano sollevata che brandiva la matita come un'arma. Il ritmo della musica aumentò, così come il battito del suo cuore.

Hailey era in piedi di fronte a lui, con gli occhi spalancati, una mano sul petto, l'altra davanti a lei.

Per proteggersi.

Da lui.

Ecco perché lui non era giusto per lei.

Ecco perché si era tenuto lontano.

L'avrebbe solo ferita. L'avrebbe solo persa a causa dei demoni che lo affliggevano.

"Cosa c'è?" sbottò, sfilandosi gli auricolari dalle orecchie.

Lei fece un passo indietro al suono della sua voce.

Sloane sospirò. "Merda. Non volevo spaventarti. Mi hai colto di sorpresa."

Hailey si sentì la gola secca mentre deglutiva a fatica. "Me ne sono accorta." Si leccò le labbra e abbassò le mani lungo i fianchi, stringendole a pugno. "Ma che problema hai?"

Lui si bloccò senza sapere cosa dire. Forse lei aveva visto il panico nel suo sguardo? Aveva visto che Sloane non aveva la testa a posto? Che lui era solo merce avariata... troppo marcia per una donna come lei?

"Perché Brody mi ha detto di 'parlarne con Sloane' quando ha detto di non essere interessato a me?" continuò lei.

Sloane deglutì a fatica e la breve esplosione di sollievo, per il fatto che lei non avesse visto la verità su di lui, fu rapidamente sostituita dalla sensazione opprimente di aver rovinato tutto.

"Non era alla tua altezza," le disse semplicemente.

Gli occhi di Hailey si strinsero e le sue guance si colorarono di rabbia. Lui amava il modo in cui il viso di Hailey trasmetteva tutte quelle emozioni. Il più delle volte lei sorrideva sempre, come se dovesse essere felice e frizzante per i suoi clienti, aggiungendo "dolcezza" al suo accento quando ne aveva voglia. Ma a volte lui riusciva a vedere al di sotto di quella patina, vedeva la donna che voleva nella propria vita, ma che sapeva di non poter avere.

"Vaffanculo, Sloane."

Le sopracciglia di lui si inarcarono. Normalmente Hailey non lo insultava così.

"Non guardarmi così, stronzo. Anzi, non guardarmi proprio. Chi ti credi di essere? Chi diavolo ti credi di essere, Sloane? Pensavo che fossi mio amico, ma forse mi sbagliavo. Che tipo di uomo interviene e dice a un altro di fare marcia indietro? Non toccava a te farlo, questo è certo. Ho sorriso a *un* uomo. Tutto qui. Ho detto che mi avrebbe trovata al mio negozio quando avesse finito con il suo tatuaggio. Tutto qui. Eppure, questo in qualche modo ha innescato il tuo complesso da maschio alfa e hai dovuto spaventarlo. Come osi dire che non era alla mia altezza? Non lo conosci nemmeno. E, a quanto pare, sicuro come la morte che non conosci me."

Le lacrime le riempirono gli occhi e lei le ricacciò indietro velocemente, sollevando il mento.

Dannazione. Sloane si sentì uno stronzo. Un coglione. Un perdente. Un imbecille.

"Perché l'hai fatto?" chiese lei a voce bassa. "Ti sei tenuto lontano da me per *anni*. Siamo sempre stati amici, ma non siamo mai diventati troppo intimi. Perché ora hai cambiato le carte in tavola?"

In realtà era stata lei a cambiarle per prima, flirtando con un uomo di fronte a lui, ma Sloane decise di non menzionarlo. L'aveva già ferita, e aveva ferito se stesso allo stesso tempo.

Doveva farsi coraggio, lo sapeva, ma sapeva anche di non essere la scelta giusta per lei, di non essere ciò di cui lei aveva bisogno.

"Ti porto fuori," disse, sorprendendosi per primo di quelle parole.

Hailey rimase a bocca aperta. "Cosa?"

"Esci a cena con me." Che diavolo stava facendo? Aveva cacciato Brody perché pensava che il ragazzo non fosse abbastanza per lei, o così si era raccontato, ma questo non significava che *Sloane* fosse abbastanza per lei. Anzi, era certo di non esserlo.

"Hai detto a Brody di andarsene perché volevi uscire con me?" gli chiese lei, alzando la voce.

"Hai detto che ho cambiato le carte in tavola, quindi mescoliamole ancora di più. Esci con me."

Lei sbatté rapidamente le palpebre, poi annuì. "Va bene."

Non fu la risposta migliore, ma era lui che aveva posto la domanda nel peggior modo possibile. Sloane non poteva biasimarla. "Vengo a prenderti alle sette."

"Stasera? Vuoi uscire stasera?"

"Perché, è un problema?" Avrebbe mai potuto essere più stronzo di così?

"Sai che ti dico? Non so più niente, Sloane. Non ho idea di cosa stia succedendo, ma va bene. Ci vediamo alle sette." Hailey sospirò, chiuse gli occhi per un attimo e poi incontrò il suo sguardo. "Spero che capiremo cosa stiamo facendo prima che sia troppo tardi." Gli sussurrò l'ultima parte prima di uscire dall'ufficio e lasciarlo da solo.

Anche lui sperava di riuscire a capirlo, per il bene di entrambi. Perché aveva appena sfondato il muro che con tanta cura avevano eretto tra di loro, e ora avrebbero dovuto affrontarne le conseguenze.

Mentre la mente di Sloane vorticava, mentre lui cercava di capire quale fosse il passo successivo, quella piccola parte di lui che non aveva mai perso la speranza, la parte che sapeva di aver sepolto profondamente giorno dopo giorno, iniziò a pulsare.

Aveva un appuntamento con Hailey.

Finalmente.

E sarebbe riuscito a rovinare tutto. Di nuovo. Era quello che faceva sempre. Pregava solo di non ferire Hailey.

Capitolo tre

HAILEY AVEVA PERSO LA TESTA, DANNAZIONE. Quella era l'unica possibile spiegazione del perché fosse in piedi davanti allo specchio in accappatoio, torcendosi le mani davanti alla propria immagine. Sembrava tutto un sogno, ma dal modo in cui il cuore le batteva nel petto era sicura che fosse reale.

Fin troppo reale.

Un minuto prima stava facendo il caffè, cercando di capire come avrebbe fatto a liberarsi di Brody senza uscirci insieme, un minuto dopo era nell'ufficio di Sloane e accettava di avere un appuntamento con lui. *Con lui.*

Non aveva senso.

Nell'attimo in cui era tornata nel suo bar, si era resa conto di aver fatto un errore a flirtare con

Brody. Anche se voleva prendere in mano le redini della sua vita per portarla in una direzione che non includesse più aspettare un uomo che non l'avrebbe mai voluta, non aveva intenzione di fare il salto più lungo della gamba. Non che Brody non fosse attraente, era stato anche dolce con lei. Ma non era *per* lei. E anche se a suo tempo aveva pensato che nemmeno Sloane fosse destinato a lei, sapeva che non voleva Brody in quel senso. Era stato un errore di giudizio a cui avrebbe dovuto rimediare subito.

Invece era stato Brody a prodigarsi in sorrisi e scuse, dicendo che non sarebbe rimasto. Anche se avrebbe dovuto sentirsi ferita dal fatto che lui si fosse tirato indietro così velocemente, Hailey non provò altro che sollievo. Sembrava un bravo ragazzo, forse con un lato pericoloso, ma lei non lo voleva come avrebbe dovuto. Neanche per una tazza di caffè condita con un po' di corteggiamento. Lei aveva sorriso di rimando e aveva detto che capiva, anche se non aveva veramente capito quell'improvviso ripensamento, ma comunque si era sentita sollevata. Quando gli aveva chiesto se c'era qualcosa che non andava, lui le aveva detto di chiederlo a Sloane e lei aveva dovuto aggrapparsi con forza ai bordi del bancone.

Dopo aver sganciato quella bomba, quel

dannato ragazzo era uscito in fretta dal bar, con le mani in tasca e un sorriso stampato in faccia.

Non aveva senso. Perché Sloane avrebbe dovuto avere qualcosa a che fare con Brody che si tirava indietro dal loro quasi appuntamento? Quando si era precipitata alla Montgomery Ink, arrabbiata e ferita per il fatto che Sloane avesse osato interferire, specialmente considerando che lui non aveva mai mosso un dito per quanto riguardava il loro rapporto, lei era pronta a farlo a pezzi.

Nessuno avrebbe potuto essere più sorpreso di lei, quando lui le aveva chiesto di uscire.

O meglio, quando le aveva comunicato che sarebbero usciti insieme.

Non era del tutto sicura di come fosse successo, ricordava solo di aver alzato il mento e detto di sì. Non avrebbe dovuto, lo sapeva. L'uomo non l'aveva voluta fino a quando qualcun altro non aveva fatto la prima mossa. Non era così che avrebbe dovuto iniziare la loro relazione. Non avrebbe dovuto tenerla a distanza, lasciandola ad aspettare che lui si decidesse. Non era giusto per lei, non era giusto per lui.

Eppure era stata debole.

Aveva detto di *sì*.

Chiuse gli occhi mentre si aggrappava ai lembi

dell'accappatoio. Hailey sapeva che non c'era modo di tirarsi indietro, a quel punto. Presto lui sarebbe venuto a prenderla, e poi lei si sarebbe data un'altra possibilità nella vita.

Aveva già scelto una volta di vivere, aveva le cicatrici che lo dimostravano, quindi forse poteva farlo ancora. Forse poteva stare con qualcuno e ricordarsi che non era la perfezione del suo corpo a renderla ciò che era, ma la forza che aveva dentro. Ma non aveva dimostrato di essere debole, dicendogli subito di sì? Aveva assecondato le mosse di Sloane, erano arrivati a quel punto con troppa facilità.

Era così dannatamente confusa, e il fatto che fosse eccitata allo stesso tempo non l'aiutava. Aveva desiderato Sloane per anni, e ora avevano una possibilità. Forse avrebbe dovuto semplicemente mettere da parte il modo in cui era successo e godersi il presente.

Hailey aprì gli occhi e incontrò il proprio sguardo nello specchio. Poteva vivere nel presente, lo aveva sempre fatto, da quel fatidico giorno in cui aveva affrontato la morte con una forza e una fragilità che non sapeva di possedere. Certo, lei e Sloane dovevano discutere di come sarebbero andate le cose, anche se solo per pochi istanti, ma lei poteva guardare avanti.

Giocherellò col bordo dell'accappatoio e poi lo lasciò cadere sul pavimento. Rimase nuda davanti allo specchio, facendo affidamento su una forza che aveva affinato da tempo, durante i tempi bui.

Il chirurgo aveva fatto un lavoro meraviglioso, ma non c'era molto che si potesse fare per rimediare a una mastectomia bilaterale che aveva scavato in profondità nei tessuti. Il chirurgo plastico aveva impiegato sei interventi per farle trovare il giusto equilibrio. Ogni volta, Hailey aveva pianto di dolore, vomitato per le medicine e sentito male in punti così profondi del corpo da pensare che non sarebbe mai stata in grado di alzarsi e respirare di nuovo.

I suoi seni erano spariti.

Ciò che rimaneva era frutto dell'abilità del chirurgo. Una grossa cicatrice, leggermente sbiadita dal tempo ma comunque visibile, attraversava entrambi i nuovi seni. Altre cicatrici dovute a interventi chirurgici, trapianti e trattamenti vari le coprivano la parte superiore del petto, la pancia e la zona tra i seni. Non era bello da vedere, e a volte era convinta che fosse assolutamente orribile.

La prima volta che si era tolta i drenaggi e i tamponi dal primo intervento chirurgico, aveva pianto a dirotto, singhiozzi strazianti che le avevano sconvolto tutto il corpo... o almeno quello che rimaneva del suo corpo. I dottori non erano stati in grado di avviare il processo ricostruttivo fino al secondo intervento chirurgico, a causa della profondità raggiunta dalle cellule tumorali. Non avrebbe dovuto sentirsi così ferita. In fondo era *viva*. I seni erano soltanto seni.

Ma quella era una fottuta bugia.

Lei era una *donna*. I seni facevano parte della sua femminilità. Aveva amato il suo corpo, anche a vent'anni. Certo, quando era molto giovane aveva desiderato un po' più di curve nei punti giusti, ma non erano sbocciate. Invece di riprendersi dall'adolescenza come tutti, aveva dovuto affrontare la malattia in un modo che nessuna donna meritava.

Quindi sì, per il mondo esterno lei aveva un corpo normale, se normale era un concetto che ancora aveva senso. Il chirurgo era stato fantastico e dopo tanti anni Hailey sapeva come indossare gli abiti giusti per assicurarsi che nessuno potesse intravedere le cicatrici che si trovavano sotto.

Ma non era la stessa donna che era stata un tempo.

Un dettaglio che aveva gestito diversamente da

tantissime altre donne erano i capezzoli. Aveva scelto di non tenerli in alcun modo, diversamente da come facevano alcune donne. Non era l'intervento giusto per lei e al tempo voleva solo voltare pagina. I capezzoli non facevano parte di quello che era, o almeno era quello che aveva pensato all'inizio. Aveva anche deciso di non farsi tatuare dei capezzoli falsi. Almeno non ancora. Era stata molto combattuta su quel punto e aveva persino quasi chiesto a Maya di farlo... ma non era quello che voleva. Aveva inserito gli impianti durante uno degli interventi recenti, anche se non erano perfettamente uniformi. Le erano mancate le sue curve e, sebbene all'epoca non sentisse i seni artificiali come *suoi*, col passare del tempo era riuscita a vederli in modo diverso.

Negli anni trascorsi dalla diagnosi alla guarigione, aveva concepito un piano. Voleva un certo tipo di tatuaggio su quelli che una volta erano i suoi seni e, nel suo cuore, sapeva già da chi voleva farsi tatuare. Sebbene Maya, Austin o Callie si sarebbero occupati di lei con molto affetto, lei voleva l'unica persona che aveva una sua parte oscura, una cicatrice nell'anima ugualmente profonda, se non più profonda di quelle fisiche che portava lei.

Voleva Sloane.

Hailey emise un sospiro tremante.

Non aveva mai avuto il coraggio di chiederglielo... ma forse era arrivato il momento. Dopotutto, se l'avesse vista nuda, avrebbe scoperto i suoi seni. E se lei avesse deciso di portare questo appuntamento, questa relazione, al livello successivo, lui avrebbe visto tutto di lei.

Era un passo che fino a quel momento non era stata disposta a fare, ma forse, solo forse, l'interferenza di Brody l'avrebbe aiutata non solo a guarire le cicatrici rimaste sul corpo e *nell'anima*, ma avrebbe mostrato a Sloane quello che poteva fare con lei... quello che lei poteva fare con lui.

Non era più la persona che era stata in passato, rammentò a se stessa ancora una volta, ma di nuovo, nessuno lo era veramente.

Con una scrollata di spalle indossò i leggings scuri e il top lungo. La tunica sottolineava perfettamente le sue curve, ma non mostrava alcuna irregolarità del suo seno. Non importava quanti interventi chirurgici avesse subito, non avrebbe mai avuto dei seni perfetti. E comunque, al tempo non lo erano neanche i suoi seni naturali. Usare il reggiseno e tenere le spalle dritte la aiutavano a mascherare quei problemi. Una volta che era nuda... beh, quella era un'altra forma di fiducia, la fiducia che aveva cercato di avere prima di allora, senza mai riuscirci.

Circa un anno dopo il suo ultimo intervento chirurgico, era andata a letto con un uomo con cui usciva. Lui sapeva che Hailey aveva avuto il cancro, ma non aveva capito la profondità della sua... trasformazione. Non si era preoccupato di farla godere durante il loro incontro ed era rimasto lontano dal petto di lei, al punto che lei si era sentita indesiderata. Non riusciva a ottenere le sensazioni che aveva una volta con la stimolazione dei capezzoli dato che non li aveva più, ma il fatto che quell'uomo avesse ignorato completamente il punto in cui erano stati i capezzoli una volta, senza nemmeno guardarla quando si era tolta la maglietta, aveva rovinato rapidamente qualunque fremito che Hailey avrebbe potuto provare per lui. In parte poteva dare a se stessa la colpa, perché non aveva espresso i propri sentimenti, ma dannazione, lui avrebbe dovuto cercare di rendere le cose piacevoli anche per lei.

Da allora non era più andata a letto con nessuno.

Il fatto che le ci volesse più tempo a venire con un vibratore, rispetto a prima della chemio e delle radiazioni, non rendeva le cose più facili. Ma se riusciva a essere paziente, se si permetteva di pensare a Sloane mentre si masturbava, alla fine riusciva a godere. E anche se le mancava il sesso bollente, le mancava ancora di più l'intimità di stare con un altro essere umano. Aveva avuto alcuni fidanzati durante il liceo e all'inizio del college, quindi non era poi così inesperta. Ma non aveva avuto un ragazzo durante il calvario del cancro, quindi era passata dall'età giovanile a una nuova versione di sé, senza che qualcuno potesse vedere la trasformazione.

Uscire con Sloane quella sera era una prova di fiducia che lei non aveva mai affrontato prima... o perlomeno un tipo diverso di prova. Se e quando gli avesse parlato del suo cancro e del suo corpo, gli avrebbe dato una parte di sé, una parte molto intima, prima ancora di lasciarsi toccare da lui.

Si fidava di Sloane più di quanto si fidasse di chiunque altro, solo per il modo in cui l'aveva trattata da quando si erano conosciuti. Con il passare del tempo, la chimica tra loro si era solo intensificata.

Entrambi avevano avuto le loro ragioni per tenersi alla larga l'uno dall'altra fino a quel momento.

Lei gli avrebbe detto i suoi motivi, semplicemente perché non sarebbe stato possibile nasconderli comunque, se le cose fossero andate avanti.

Poteva solo sperare che anche Sloane le dicesse i suoi.

"Basta così," mormorò a se stessa. Aveva passato gli ultimi venti minuti a fissarsi allo specchio, cercando di capire come si fosse messa in quella situazione, ma rischiava di arrivare in ritardo se non si fosse data una mossa.

Finì di lisciarsi i capelli il più velocemente possibile, in modo che le ciocche dritte formassero un caschetto perfetto. I suoi capelli dopo la chemio non erano lisci come una volta, quindi doveva piastrarne le onde per ottenere la piega desiderata. La sua frangetta folta le piaceva moltissimo, ed era grata che i suoi capelli non si fossero diradati come accadeva a tante altre donne. Quell'acconciatura, in realtà, era ispirata da una delle parrucche che aveva indossato durante i suoi trattamenti. Aveva amato così tanto il modo in cui quella parrucca le incorniciava il viso, che si era lasciata crescere i capelli per poterne riprodurre lo stile.

Si truccò rapidamente, assicurandosi che le labbra risultassero di un rosso intenso. Se più tardi avesse portato un bicchiere alle labbra o addirittura avesse baciato Sloane, il colore non sarebbe venuto via. Amava quella marca di cosmetici e pregava che il bar continuasse ad andare bene, in modo da potersi sempre permettere di acquistare quei prodotti.

Sorrise quando sentì bussare alla porta all'ora esatta dell'appuntamento. Sloane era noto per la sua puntualità. E conoscendo lui e la sua mentalità militare, probabilmente era stato fuori dalla porta per cinque minuti ad aspettare, perché arrivare puntuale in realtà per lui significava arrivare tardi. Lei di solito non era in ritardo agli appuntamenti, ma a volte arrivava proprio all'ultimo minuto.

Hailey fece scorrere di nuovo le mani sulla lunga tunica prima di aprire la porta, sentiva che il cuore le batteva forte nelle orecchie.

Dannazione, adorava lo stile di quell'uomo.

Indossava una vecchia giacca di pelle che si adattava perfettamente alle sue spalle e le faceva venire voglia di strappargliela di dosso. Le gambe di Sloane erano avvolte dal tessuto consumato dei jeans, ma i pantaloni non erano troppo vecchi o bucati, anzi gli avvolgevano perfettamente le cosce in una tonalità ideale di blu. Gli stivaletti neri che indossava non facevano che accentuare l'immagine da ragazzaccio sexy che le faceva battere il cuore ancora più forte.

Si era messo un berretto a maglia sulla testa calva, dato che fuori faceva ancora un po' freddo, nonostante quel giorno le temperature fossero in aumento. Ovviamente, con il tempo di Denver, un giorno le temperature potevano scendere sotto zero e il giorno successivo poteva essere stagione da calzoncini corti.

"Wow," sussurrò Hailey, e lui le sorrise.

"Sei piuttosto wow anche tu." Sloane si ficcò le mani in tasca e si dondolò sui talloni. Aveva gli occhi pieni di luce, come se nemmeno lui fosse sicuro di come fosse finito lì. Anche se era probabile che lei stesse solo proiettando le proprie emozioni su di lui.

"Allora... vuoi entrare?" Hailey si morse il labbro; perché la situazione era così imbarazzante? In fondo, era *Sloane*. Si vedevano praticamente ogni giorno. Era nel suo negozio spessissimo, anche solo per una chiacchierata. Oppure, nel caso di Sloane, per grugnire e borbottare, a meno che qualcosa non fosse veramente importante per lui. Si conoscevano da sempre... quindi perché quel giorno sembrava diverso?

Perché *era* diverso.

Lui inclinò la testa e le studiò il viso. "Se è quello che vuoi. Ho prenotato all'Illusion tra un po', ma posso annullare, se vuoi fare qualcosa di diverso." Lui sorrise di nuovo. "Non ti ho neanche chiesto cosa volessi fare, in realtà."

Hailey fece un sospiro. "Abbiamo fatto un po' tutto al contrario, no?"

Sloane scrollò le spalle. "E allora? Lo stiamo facendo, qualunque cosa sia, a modo nostro. È questo che conta. Quindi, perché non vai a metterti una giacca e poi andremo all'Illusion. Penseremo al resto a tempo debito."

Lei annuì, sentendosi stranamente emozionata da quelle sue parole. Le piaceva che lui avesse usato la parola *nostro*. Lei non era stata in niente di *nostro* da troppo tempo. Prese giacca e borsetta, si chiuse la porta alle spalle e si fermò sulla veranda con Sloane. Lui fece scivolare la sua grande mano callosa su quelle di Hailey, lei si leccò le labbra.

Sloane l'aveva toccata in passato, ovviamente, con lievi carezze o una piccola pacca sulle spalle.

Ma non le aveva mai tenuto la mano.

Stava succedendo *davvero*.

"Pronta?" le chiese con voce bassa e profonda.

Era pronta? Non era sicura di poter essere mai pronta, ma eccola lì, con Sloane, con tutta se stessa, per quanto possibile, in procinto di fare un salto nel buio.

"Sì," gli rispose con un sussurro. "Sì, sono pronta," ribadì un po' più distintamente.

Lui la guardò negli occhi e annuì. "Bene." Dopo di che, la condusse al suo veicolo, un pick-up molto sexy con pneumatici spessi per l'inverno. Hailey sapeva che Sloane aveva anche una moto, che usava ogni volta che faceva caldo; lei aveva sempre immaginato di salirci insieme a lui, tenendo le cosce avvolte intorno al suo corpo mentre lui guidava.

Hailey arrossì e immediatamente si infastidì con se stessa persino per essere arrossita, quindi allontanò quei pensieri dalla mente.

Prima si esce.

Il sesso, dopo.

Non appena Sloane salì sul pick-up, la guardò con un sopracciglio alzato. "O sei infreddolita per essere rimasta fuori troppo a lungo insieme a me, o stai facendo pensieri sporchi."

Lei sbuffò e agitò la mano. "Avevo dimenticato che mi conosci così bene."

Sloane si passò la lingua sulle labbra. "Questo significa che stai facendo pensieri sporchi?"

Era Sloane, ripeté a se stessa ancora una volta. Poteva essere se stessa con lui.

"E se fosse così? Sei sexy, stavo pensando alla tua moto."

Allora lui sorrise, mostrando i denti bianchi in contrasto con l'abbronzatura della sua pelle. "Quando il tempo si farà più mite, ti porterò a fare un giro."

Naturalmente, la mente di Hailey andò immediatamente al pensiero di fare un giro su di lui. E poi tornò al pensiero di cavalcare la bici di Sloane. Lui intendeva dire che la voleva con lui, in senso biblico, su quella moto, o era solo una proposta amichevole?

E perché diavolo lei ci si stava arrovellando in quel modo?

"Smettila di pensare così tanto."

Lei gli lanciò un'occhiataccia mentre lui guidava. "E tu smettila di leggere la mia mente."

"Non posso farci niente. Tra di noi è così e basta."

"Vero," mormorò lei. "E noi *cosa* stiamo facendo, Sloane?" Hailey non aveva intenzione di far uscire quell'ultima frase, ma chiaramente non riusciva a trattenersi.

Lui sospirò e strinse un po' più forte il volante, abbastanza da far impallidire le nocche delle mani.

"Ti sto portando fuori a cena. Mangeremo, parleremo un po', e il resto lo scopriremo."

Lei strinse le labbra. "E quindi? Che significa? Voglio dire, perché adesso? Perché hai aspettato che arrivasse Brody a chiedermi di uscire, per fare tu lo stesso?"

Sloane emise un piccolo ringhio e accostò l'auto al lato della strada. Hailey spalancò gli occhi quando lui mise le quattro frecce e si voltò verso di lei.

"Va bene, chiariamolo una volta per tutte. Io e te? Ci stiamo ronzati intorno per un bel po' di tempo. Lo so. Come lo sai tu. Quindi diciamocelo apertamente."

Lei annuì. "Sì, hai ragione su questo, ma..."

"Non ho finito."

Lei sbuffò ma gli fece cenno di continuare. Le piaceva quando lui faceva il maschio scorbutico e minaccioso, povera lei.

"Mi piaceva la danza di corteggiamento che facevamo, e al tempo stesso la odiavo. Ti ho sempre voluta, Hailey, ma... beh, per ragioni mie, mi sono tenuto in disparte. So di non essere alla tua altezza, ma fanculo, non me ne frega niente in questo momento. Amo quando siamo insieme, amo parlarti e guardarti mentre fai i dolci, ma voglio di più." Si fermò per un momento. "Non sono sicuro di meritarmelo, ma lo voglio. E per la cronaca... anche tu avresti potuto chiedermi di uscire in qualunque momento. Non sei una che si tira indietro. Hai i tuoi segreti, ma quasi sempre dici apertamente quello che vuoi."

Hailey deglutì a fatica, con la mente che vorticava tra mille pensieri. "Immagino che avrei potuto chiederti di uscire prima d'ora. E hai ragione. *Ho* dei segreti, ed è per questo che anch'io ho finito per non fare nulla."

Lui le scrutò di nuovo il viso. "Bene, finalmente adesso stiamo facendo qualcosa al riguardo. Quindi lasciamo perdere il motivo per cui non l'abbiamo fatto prima, e scopriamo cosa faremo d'ora in poi. So che prima o poi questi nostri segreti verranno alla luce, ma..."

Questa volta fu lei a interromperlo. "Ma se continuiamo a girare in tondo, finiremo solo per farci del male a vicenda."

"Esatto. Quindi, hai ancora voglia di andare all'Illusion? O preferisci qualcos'altro? Visto che lavori con il cibo ogni giorno, la scelta tocca a te."

L'Illusion era un locale hipster che aveva aperto nel centro di Denver pochi mesi prima. Non era così pretenzioso come molti dei nuovi locali hipster, ma ci servivano del cibo fantastico. Era un buco di locale quasi sempre pieno, infatti Sloane aveva prenotato. Ma tutto il cibo era biologico e gustoso. Dal momento che Hailey mangiava solo biologico, nel tentativo di mantenersi in salute dopo aver bombardato il suo corpo di sostanze chimiche, era il posto perfetto per lei.

"Andiamo," gli disse dolcemente e prese fiato.

Sloane allungò una mano a prenderle la guancia. Senza pensare, lei si appoggiò contro il suo palmo. "Va bene allora, Hails. Andiamo a mangiare qualcosa."

Le lasciò il viso, spense le quattro frecce e si rimise in strada. Per tutto il tempo Hailey sedette rilassata contro il sedile, con la guancia ancora calda per quel tocco. Non aveva idea di cosa stesse facendo, ma dannazione, non vedeva l'ora di capirlo.

"VUOI ENTRARE?" gli chiese Hailey un paio d'ore dopo, con la pancia piena e le guance doloranti per aver riso tutta la sera.

La cena con Sloane era stata a dir poco memorabile. Era così grosso, barbuto, arcigno e coperto di tatuaggi. Ed era tutto suo per quella sera. Sloane aveva riso con lei e l'aveva toccata quando ne aveva avuto occasione, sfiorandola con noncuranza lungo la seta della tunica. Si avvicinava per fare una battuta e poi sorrideva quando lei rideva di gusto.

Sloane non sorrideva mai molto.

Il fatto che l'avesse fatto in sua presenza la faceva sentire bene.

Sloane era in piedi accanto a lei sulla veranda e il suo grande corpo torreggiava su di lei, ma non la spaventava minimamente. Era l'uomo più grosso che conosceva, eppure Hailey sapeva senza ombra di dubbio che non le avrebbe mai fatto del male fisicamente.

"Potrei scaldarmi un po'," le rispose lui.

Hailey deglutì a fatica, aprì la porta di casa ed entrò, consapevole del caldo corpo di lui dietro di sé. Sloane la aiutò a sfilarsi il cappotto e le sfiorò le costole con due dita. Lei rabbrividì con un sospiro.

Quando lui la tirò verso di sé, lei alzò la testa e si leccò le labbra.

"Ho desiderato di baciarti per molto tempo," disse dolcemente Sloane. "Avrei dovuto farlo prima."

"Allora fallo adesso," sussurrò lei.

Quando lui abbassò la testa, premendo le labbra su quelle di Hailey, lei si arrese a quel bacio.

Gli avvolse le braccia intorno al collo e premette il corpo contro quello di lui, consapevole di fare qualcosa che non aveva mai fatto dopo la diagnosi, cioè permettere volontariamente a qualcun altro di percepire le forme del suo corpo.

Le ci erano voluti anni per permettere a se stessa di considerare bello il proprio corpo, bello e coraggioso. E con questo bacio, stava facendo un ulteriore passo avanti.

Stava permettendo a un altro di pensare la stessa cosa, o almeno ci sperava.

La lingua di Sloane scivolò lungo quella di Hailey, facendola gemere, perché lei amava quel gusto, la sensazione di averlo contro di sé... amava tutto di lui.

Quando Sloane si allontanò, erano entrambi senza fiato e una parte fondamentale della loro relazione era cambiata per sempre.

Hailey incontrò il suo sguardo e capì che c'era qualcosa che doveva fare, prima di poter compiere il passo successivo. Non sarebbe stato giusto se non lo avesse fatto.

"Io... l'ho desiderato per troppo tempo," disse infine.

Sloane sorrise, anche se Hailey vide guizzare nei suoi occhi un'emozione che non riusciva a definire.

Segreti, pensò di nuovo lei, avevano entrambi dei segreti. Quindi, forse era ora di condividere il proprio. Lo aveva nascosto per così tanto tempo che quasi non sapeva cosa dire.

Quando lei si allontanò, Sloane aggrottò la fronte. Ma comunque la lasciò andare, tenendole le dita sui fianchi mentre lei si muoveva.

"Sono contento che l'abbiamo fatto, allora. Che ne dici di farlo di nuovo?" le chiese.

Lei si leccò le labbra, ma alzò la mano quando lui tentò un passo in avanti. "Prima devo dirti una cosa."

Lui inclinò la testa. "Va bene."

Lei si lasciò sfuggire una risatina. "Fai sempre così. Dici va bene e ascolti. Questo è quello che mi è sempre piaciuto di te, Sloane."

Lui scrollò le spalle. "A che scopo essere qui se non avessi intenzione di ascoltare. Vuoi sederti?"

Lei scosse il capo. "No, ma andiamo comunque in salotto. Non voglio stare così vicino alle finestre."

Sloane alzò le sopracciglia, ma la prese per mano e la accompagnò in soggiorno. Hailey sentiva il cuore batterle forte e il sangue le pulsava ancora una volta nelle orecchie, ma non perché fosse in trepidante attesa.

"Allora... hai presente che stavamo parlando di

segreti? Beh, penso che dovrei dirti il mio... sai... prima di fare qualsiasi altra cosa."

Lui scosse il capo. "Non devi dirmi niente che non ti senti pronta. So che stasera, anzi *oggi*, abbiamo iniziato con una nota strana, ma se vogliamo farlo, facciamolo a modo nostro. Ricordi?"

"Voglio farlo." Hailey chiuse gli occhi. "È molto più difficile uscire con qualcuno che conosci," mormorò.

Lui sbuffò. "Ci siamo tolti dai piedi la parte del 'conosciamoci'. Tu conosci il mio drink preferito e io so che faccia hai quando sei stanca o infastidita. Quindi sì, non possiamo nasconderci a vicenda cose del genere. Ma so che stai nascondendo qualcosa a tutti, anche a me. Non ti biasimo per questo. Abbiamo tutti i nostri segreti."

Lei annuì. "Lo so. E avrei dovuto dirlo a tutti molto tempo fa. Non volevo tenerlo per me così a lungo. Non è che mi vergogni..." Fece una pausa. "Non mi vergogno… Ma non... non è un argomento facile. E tutti voi Montgomery e la vostra squadra, ne avete passate così tante. E poiché il mio... segreto appartiene al passato, è stato difficile tirarlo fuori."

Sloane fece un passo avanti ma non la toccò.

"Dimmi, Hailey. Puoi dirmi qualsiasi cosa. Cos'è successo?"

Lei alzò il mento, sapendo di dover dire tutto o niente. "Ho avuto il cancro. Cancro della mammella. Durante il trattamento ho subito una mastectomia bilaterale. Il corpo che vedi ora non è quello che ero, ma è quello che sono adesso. Sono una sopravvissuta, Sloane, ma nessuno lo sa."

Capitolo quattro

SLOANE SMISE DI RESPIRARE. SEMPLICEMENTE SMISE di respirare, con la mente che correva in mille direzioni e allo stesso tempo era bloccata.

"Cancro," sussurrò. "Cancro della mammella."

Santo Dio. Ancora non riusciva a prendere fiato.

"Sì. Quello con la C maiuscola. Comunque adesso sono completamente libera dal cancro. Non l'ho specificato prima. In realtà sono sorpresa da quanto sono riuscita a raccontarti. Voglio dire, mi sono esercitata a dirlo allo specchio, ma è stato comunque difficile perché non l'ho detto a nessuno per anni. È una novità, per me. Capisci che intendo?"

Lei continuava a divagare, così Sloane fece due

passi verso di lei, le afferrò le braccia e si avventò sulla sua bocca con la propria. Un'emozione potente lo attraversò e gli scosse tutto il corpo. Per un attimo lei ansimò nella sua bocca, poi rispose al bacio.

Lui si allontanò e appoggiò la fronte su quella di lei, facendosi sfuggire un sospiro tremulo. "Ho rischiato di perderti ancora prima di incontrarti. Non so cosa avrei fatto se tu non fossi mai entrata nella mia vita, Hailey."

Lei gli mise le mani sulla pancia e le lasciò lì. Sloane si rilassò a quel tocco, anche se istintivamente contrasse gli addominali alla sensazione delle mani di Hailey sulla pancia.

"Sloane."

Lui si mosse per prenderle il viso e usò il pollice per asciugare una lacrima solitaria che le bagnava la guancia. "Cazzo, Hailey. Sapevo che nascondevi qualcosa, ma non avevo idea che fosse questo. Avevi il *cancro* e non l'hai detto a nessuno." Sloane pensò a quello che già sapeva del passato di Hailey e aggrottò la fronte. "Aspetta, quanti anni avevi? Avevi un ragazzo?"

Lei scosse la testa, che si trovava ancora tra le mani di lui, e Sloane la lasciò andare, ma fece del suo meglio per mantenere un contatto fisico con lei.

"Avevo vent'anni quando me l'hanno diagnosticato. A due settimane dai risultati, stavo già subendo il mio primo intervento. Dato che il male era a uno stadio iniziale, avevo buone possibilità di guarire, ma i medici volevano intervenire velocemente prima che si diffondesse ad altre parti del corpo. Il tumore era piccolo, grazie a Dio, ma abbastanza grande da far preoccupare. Ho optato per far rimuovere entrambi i seni, anziché solo quello destro." Hailey si portò una mano al petto e Sloane abbassò lo sguardo, ancora travolto da un turbinio di pensieri.

"Ma tu eri sola. Non è vero?"

Lei annuì. "Sai che mio padre se n'è andato quando ero ancora piccola, mia madre è morta quando avevo diciotto anni. Non potevo permettermi di frequentare l'università a tempo pieno, così avevo iniziato i corsi serali e durante il giorno lavoravo in una pasticceria per mantenermi. Ringrazio ogni giorno le persone di quel posto per quello che mi hanno dato. Non solo mi hanno insegnato il lavoro che amo svolgere, ma grazie a quell'impiego ho potuto permettermi i trattamenti di cui avevo bisogno."

Hailey continuava a raccontare e lui taceva, non sapendo bene cosa dire. Quali erano le parole giuste, quando aveva appena scoperto che la donna che *amava* era quasi morta, senza che lui lo sapesse?

"Ho fatto la chemio e le radioterapie, ma entrambi i trattamenti sono stati relativamente brevi perché il cancro non si era diffuso. Sono stata fortunata. Lo so che sembra strano dirlo dopo aver avuto il cancro, ma sono stata fortunata."

"Hails."

Lei gli rivolse un sorriso triste. "Ci sono voluti sei interventi chirurgici per ricostruire il mio seno. Non sono più la persona che ero, neanche lontanamente, ma sono sempre io."

Lui le fece scorrere una mano lungo l'avambraccio e le prese la mano, lei gliela strinse forte. Davvero forte. "Sei bellissima, Hailey. Dentro e fuori. L'ho sempre pensato. Ma che avessi la forza che hai, tutto questo coraggio dopo quello che hai passato? Ti ammiro, sul serio."

Lei strinse le labbra, le si riempirono gli occhi di lacrime.

"Merda. Non volevo farti piangere."

Lei scosse la testa e sorrise. "È un pianto positivo. Non ero sicura di cosa avresti detto. Sei un uomo di poche parole, dopotutto."

Hailey non era la prima persona a farglielo

notare. "Parlo quando è importante farlo. E tu sei importante."

Incredibilmente importante per lui. Diavolo, lui era una mela marcia, spazzatura, se paragonato a lei. Ed era così fottutamente grosso. Rischiava di romperla con una mossa sbadata. Come aveva mai potuto pensare di meritare quella donna? Allo stesso tempo sapeva che se lui se ne fosse andato in quel momento non solo se ne sarebbe pentito per sempre, ma Hailey avrebbe pensato di avere la colpa.

Lei si torse le mani e si morse il labbro.

"Che c'è?"

"Avrei voluto dirtelo molto tempo fa. Non perché fosse un peso enorme, anche se lo era, ma soprattutto perché..." Hailey sospirò. "Non ho più i capezzoli. Intendo dire che li hanno rimossi durante il primo intervento chirurgico. Non proverò mai più il tipo di sensazione che avevo una volta. È impossibile. Ma ho sempre voluto fare... una cosa."

Lui si immobilizzò. Austin e Maya avevano fatto alcuni tatuaggi di capezzoli al negozio, e l'effetto era quasi realistico. Era difficile, ma Sloane sapeva che quel tipo di tatuaggio richiedeva un coraggio maggiore di quanto si potesse pensare. Tutti quelli della Montgomery Ink avevano dovuto tatuare delle cicatrici più e più volte nell'esercizio della loro professione. Diavolo, era così che Austin aveva incontrato sua moglie, Sierra.

Ma non era sicuro di poter accettare che fossero Maya o Austin a realizzare il tatuaggio di Hailey. Sapeva di non avere il diritto di essere possessivo, ma voleva essere lui ad aiutarla... se lei era d'accordo.

"Non voglio tatuarmi i capezzoli. Semplicemente non penso che sia la cosa adatta a me. Ma voglio fare qualcosa. Ho preso in considerazione l'idea di un tatuaggio sul petto già da un po' di tempo. Dovevo solo trovare il coraggio di raccontare la mia storia e poi fare qualcosa al riguardo."

Sloane fece un respiro profondo. "Penso che tu abbia molto più coraggio di quanto tu creda."

Lei gli sorrise, spezzandogli di nuovo il cuore. "Ho sempre pensato..." Hailey si fermò, aggrottando la fronte. "Ho sempre pensato che dovessi essere tu a farlo. Non so perché. Voglio dire, sapevo che c'era qualcosa tra di noi, ce lo siamo detti stasera. Ma questo non ha nulla a che fare con la nostra attrazione reciproca. Ho sempre pensato che tu potessi aiutarmi. Ma avevo paura."

Lui si chinò di nuovo in avanti e la baciò dolcemente, con il cuore che gli batteva veloce nel petto.

"Sarei onorato di aiutarti. Puoi fidarti di me, Hails. Mi prenderò cura di te."

Lei gli mise le mani sul petto e si mosse verso di lui. "Mi *fido* di te. Ecco perché ti ho detto tutto. Perché voglio che sia tu a tatuarmi."

Sloane la baciò di nuovo. "Farò tutto ciò di cui hai bisogno. E quando sarai pronta per la prima sessione, sarò al tuo fianco, e mi assicurerò che tu abbia esattamente quello che vuoi. Che tu mi chieda questo..." Sloane scosse la testa. "Mi hai lasciato senza fiato, Hailey. Completamente senza fiato."

Allora lei gli sorrise e lui si perse in quel sorriso.

Amava quella donna, amava tutto di lei e ora si stava innamorando ancora più profondamente. Pregava solo di poterla tenere al suo fianco per sempre.

LA DEFLAGRAZIONE della bomba aveva colpito duramente il veicolo militare su cui viaggiava, e aveva sentito il suo cervello tremare. Sloane non riusciva a respirare, il fuoco che gli bruciava intorno gli ustionava la pelle. Cercò di raggiungere il fratello, ma non riusciva a trovarlo. Non riusciva a sentire più niente.

Solo il dolore.

Sloane si mise a sedere sul letto, era madido di sudore, faticava a deglutire. Non riusciva a respirare e gli sembrava che il cuore stesse cercando di esplodergli nel petto.

Cazzo.

Non aveva un incubo del genere da anni. Sapeva che non avrebbe mai completamente dimenticato quel giorno, ma sperava di superare i terrori notturni che lo tenevano sveglio, gli facevano tremare le mani e gli cerchiavano gli occhi di rosso.

Sloane si sedette sul lato del letto con un grugnito e si prese la testa tra le mani. Aveva solo bisogno di fare alcuni respiri profondi e poi sarebbe stato meglio. L'aveva già fatto innumerevoli volte. Il disturbo da stress post-traumatico non spariva soltanto grazie alla forza di volontà e al pensiero positivo. Sapeva che forse non sarebbe mai andato via, ma almeno non lo tormentava più ogni giorno. Gli era andata molto meglio rispetto ad alcuni suoi amici commilitoni. Diavolo, almeno lui era tornato a casa tutto intero. Alcuni non erano tornati affatto. Il suo corpo era coperto di cicatrici, ma aveva conservato gli arti e la vista.

Era pur sempre qualcosa.

Il pensiero della perdita e del superamento del

trauma gli fece venire in mente Hailey, così si calmò rapidamente. Lui era solo stato in guerra. Aveva solo combattuto ed era sopravvissuto, uscendone per lo più tutto intero.

Hailey aveva perso molto di più.

Eppure gli sembrava che lei se la stesse cavando molto meglio. Hailey aveva combattuto con grazia, o almeno lui la pensava così. Gli aveva anche detto che voleva che fosse *lui* a tatuarla. Quando pensava alla propria situazione, tutto ciò che aveva fatto era sopravvivere, laddove tanti altri non ci erano riusciti.

Nessun altro nella camionetta era sopravvissuto a quella bomba sul ciglio della strada.

Solo lui.

Perché solo *lui* si era meritato di essere vivo? Perché si era meritato di tornare a casa, accanto a una donna che gli faceva credere che tutto sarebbe andato bene?

Non se lo meritava.

Ma era abbastanza egoista da accettarlo. In qualche modo, avrebbe dovuto capire come convivere con quel senso di colpa.

Dopo averla baciata di nuovo la sera prima, si era detto che era meglio andarsene. Si erano confessati molte cose quel giorno, entrambi avevano bisogno di tempo per metabolizzare il tutto, prima di fare il passo successivo. Come si erano detti la sera prima, avevano già superato parte dell'imbarazzo iniziale, l'imbarazzo legato a ogni primo appuntamento. Erano già amici, si conoscevano bene. Si stavano conoscendo meglio, più nel profondo. Sloane non sapeva quando sarebbero andati a letto insieme, ma sapeva che sarebbe successo solo quando lei fosse stata pronta.

Si acciglio. Hailey aveva detto che non percepiva nulla nella zona dei capezzoli, ma aveva perso anche qualcos'altro?

Sloane avrebbe dovuto chiederglielo apertamente. Non l'avrebbe ferita, se avesse avuto la possibilità di renderle le cose più facili, a lungo termine. Forse avrebbe fatto delle ricerche sui problemi che le donne nella stessa situazione di Hailey dovevano affrontare, così da sapere le domande giuste da porre. Sapeva dalla sua stessa terapia per lo stress post-traumatico che i trattamenti e le conseguenze per ognuno erano personali, quindi neanche Hailey poteva essere un caso da manuale. Ma almeno sarebbe stato leggermente più preparato quando, e se, fossero andati a letto insieme.

Non erano giovani, beh, almeno lui non lo era più, quindi non si comportava da ragazzino nervoso quando si trattava di sesso. Si sarebbe assicurato che lei ricevesse tutto ciò di cui aveva bisogno e avrebbe fatto del suo meglio per evitare di rovinare tutto o di ferirla. Non che fosse diversa dalle altre donne con cui era stato, anche se lo era, perché era *Hailey*, ma era lui a essere fottutamente spaventato. Voleva essere sicuro di non fare casini.

In qualche modo, nel corso di un solo giorno, era passato dal tenersi in disparte allo starle vicino, fino a uscirci insieme. Non sapeva ancora se fossero una coppia, ma almeno era un passo in una nuova direzione, una direzione per la quale non era sicuro che sarebbe mai stato pronto.

Si alzò e si passò una mano sulla testa, notando che presto avrebbe dovuto radersi di nuovo. Gli piaceva la sensazione dell'aria sulla testa, quindi la teneva rasata. La prima volta si era rasato durante l'addestramento di base, e da allora aveva mantenuto quello stile. Sembrava che ad Hailey non dispiacesse, quindi l'avrebbe tenuta così.

Doveva andare a lavorare e comportarsi davanti agli altri come se niente fosse successo. Certo, l'avevano sentita tutti fare una scenata alla postazione di lavoro di Sloane, ma almeno avevano fatto finta di non ascoltare. Sloane non voleva che tormentassero né Hailey né lui. Per tutto il tempo, avrebbe voluto chiederle come stava e gridare a squarciagola che l'aveva baciata.

Se non fosse stato sicuro della propria età, cioè del fatto di avere quasi quarant'anni, avrebbe pensato di essere un dannato adolescente che stava per baciare la sua prima cotta.

Hailey era stata la prima per un sacco di cose, però, quindi forse aveva senso.

La prima amica di cui si era innamorato. La prima donna conosciuta dopo il militare, la prima che sapeva sarebbe stata una storia seria.

La sua prima... solo la sua prima possibilità con Hailey.

QUANDO ARRIVÒ ALLA MONTGOMERY INK, gli faceva male la testa per i troppi pensieri e la mancanza di caffè. Non ne aveva preparato a casa e non era sicuro di voler entrare al Taboo per chiederne un po' ad Hailey. Era davvero come essere di nuovo adolescente.

Quando ne avesse avuto il tempo, sarebbe dovuto andare al Taboo per prendere un caffè e vederla.

Le cose erano cambiate, ma *loro* erano sempre

gli stessi. E se lui l'avesse tenuto a mente, sarebbe andato tutto bene. Almeno così sperava.

Sloane allungò la schiena e si sedette alla sua postazione. Quel giorno aveva tre appuntamenti, due tatuaggi piccoli che poteva finire in meno di un'ora ciascuno, un altro che avrebbe richiesto gran parte del pomeriggio. Quello doveva essere un lavoro perfetto, lui lo sapeva. Non che gli altri suoi lavori fossero meno che perfetti, ma quello di quel pomeriggio doveva essere migliore degli altri.

Sebbene ognuno degli artisti della Montgomery Ink realizzasse tutti i tipi di tatuaggi, ognuno di loro aveva delle specialità per cui era conosciuto. Sloane era diventato famoso per i suoi tatuaggi "in memoria". Le persone che avevano perso qualcuno durante la guerra si rivolgevano a lui. Aveva fatto tatuaggi in ricordo di soldati caduti, uomini, donne e cani, ma anche alcuni che semplicemente ricordavano il reparto in cui i clienti avevano svolto servizio.

Quel pomeriggio avrebbe realizzato un'aquila per qualcuno, e voleva essere sicuro di disegnare delle piume perfette. L'uccello sarebbe stato in procinto di spiccare il volo, con le ali allungate all'indietro e le zampe piegate.

Odiava e amava allo stesso tempo quel tipo di tatuaggio.

Forse, solo forse, se avesse potuto aiutare gli altri, si sarebbe lavato le mani dal sangue che le macchiavano. Ma nel suo cuore sapeva già che non era possibile. Quella macchia sarebbe rimasta fino al giorno in cui sarebbe morto, e lui non avrebbe permesso che quel tempo fosse breve. Gli uomini che erano caduti al suo fianco meritavano molto di più di quello che avevano ricevuto, Sloane si rifiutava di arrendersi quando loro non avevano avuto possibilità di scegliere.

Emise un respiro tremante e respinse i ricordi. Di solito non stava così male, ma per qualche motivo quel giorno non riusciva a togliersi di dosso quell'umore tetro.

Ovviamente in realtà sapeva bene il motivo: si trovava solo a un muro di distanza, lavorava al Taboo, probabilmente era intenta a dispensare sorrisi. Cedere alla tentazione lo aveva cambiato, aveva abbattuto le barriere che fino ad allora avevano tenuto a bada il panico.

"Allora… Cos'è successo ieri sera?" gli chiese Maya. Sloane sollevò la testa e la vide appoggiata al tavolo nella sua postazione di lavoro, il sopracciglio con il piercing inarcato.

Lui si appoggiò all'indietro e incrociò le braccia sul petto. Invece di risponderle, si limitò a fissarla.

Lei socchiuse gli occhi. "Non mi risponderai, vero?"

Lui rimase in silenzio.

Maya alzò le mani. "Va bene. Ma se la ferisci ti prendo a calci in culo. Oh, e se Hailey ti ferisce, prenderò a calci in culo anche lei. Sono per le pari opportunità, quando si tratta di calci in culo."

A quel punto Sloane sorrise. "È una cosa che ho sempre ammirato di te."

Maya gli mostrò il dito medio e poi tornò alla sua postazione, lasciando Sloane da solo con i propri pensieri. Quando ne avesse avuto il tempo, Sloane sarebbe dovuto andare da Hailey per prendere un caffè e vederla. Non gli piaceva non sapere cosa dire, ecco perché tante persone lo consideravano un tipo silenzioso. Parlava solo quando era importante e quando sapeva quali parole usare. *Quello* era importante. Ma non sapeva che parole usare.

Quindi, invece di entrare alla porta accanto e vederla come avrebbe voluto, rimase lì ad attendere il suo primo cliente. Alla fine sarebbe andato da lei. Non poteva nascondersi da lei.

Ecco perché aveva paura.

. . .

LA GIORNATA per fortuna passò in fretta, infine Sloane si alzò roteando il collo, nel tentativo di rilassare i muscoli. Sentì lo stomaco brontolare e si maledisse. In qualche modo, gran parte della giornata era passata senza che lui mangiasse nient'altro che una barretta proteica, che aveva trovato nel cassetto della scrivania. Chissà da quanti anni era scaduta quella roba. In passato Callie sarebbe andata a prendere il pranzo per tutta la squadra, ma ora era un'artista a tempo pieno e non più un'apprendista, quindi era semplicemente troppo occupata per farlo. Autumn, la donna di Griffin Montgomery, lavorava alla reception quasi tutti i giorni, ma quel giorno era in ferie. Ciò significava che Sloane avrebbe dovuto procurarsi da mangiare da solo, ma non aveva avuto una pausa tra un cliente e l'altro.

"Vai a prendere da mangiare o torna a casa," gli gridò Austin dalla sua postazione.

Sloane guardò il suo amico. "Cosa?"

"Oggi non hai mangiato, è un'idea fottutamente stupida nel nostro lavoro. Non hai altri appuntamenti in agenda e oggi non stanno arrivando troppi clienti senza prenotazione. Io, Maya e Callie possiamo gestire la situazione da soli."

Sloane si passò una mano sulla nuca. "Abbiamo bisogno di più tatuatori."

Austin annuì. "Mi sto guardando in giro per trovare qualcuno che possa lavorare al nostro stesso ritmo. O forse posso trovare un altro apprendista."

C'erano altri quattro artisti che lavoravano nello studio facendo il part-time, non erano a tempo pieno perché o vivevano troppo lontano, o avevano altri lavori. Quello di cui avevano bisogno era un altro artista a tempo pieno.

"Se vengo a sapere qualcosa, te lo dico," aggiunse Sloane.

"Ottimo. Ora vai alla porta accanto, stai con la tua donna e mangia qualcosa. Poi torna a casa e portala con te. O almeno accompagnala a casa sua. Scommetto che anche lei è stata tutto il giorno a lavorare."

La sua donna.

Di sicuro a Sloane piaceva il suono di quelle parole. Ma era la verità? Hailey era davvero sua? Non avevano veramente parlato di quello che stavano facendo, a parte il fatto che se la stavano vivendo giorno dopo giorno. Il fatto che lei gli avesse svelato i suoi segreti aveva un significato che andava oltre ogni altra cosa.

Sloane fece un cenno d'assenso al suo capo e agli altri, poi si mise a riordinare la sua postazione. Subito dopo, entrò al Taboo dalla porta laterale e si fermò di botto.

Hailey era magnifica.

In quel momento si stava mordendo il labbro per trattenere una risata, provocata da qualcosa che le stava dicendo Sierra, la moglie di Austin. Aveva della farina sul grembiule, ma a parte quello era immacolata, non sembrava affatto una donna che probabilmente era stata in piedi per un intero turno di lavoro.

Sloane aveva sempre saputo che Hailey era una donna forte, ma ora che conosceva la verità, vedeva la profondità di quella forza. Lui era un uomo grosso, mani grandi, petto grande, semplicemente *tutto* grande. Rischiava di romperla se non fosse stato attento.

Poteva ferirla più profondamente che con la sola forza fisica, lo sapeva. La fragilità che si nascondeva sotto la superficie della pelle di Hailey non era facile da notare, ma lui la vedeva. Avrebbe potuto essere la donna più forte del mondo, ma comunque le sarebbe rimasta addosso.

Lui non voleva ferirla.

Ma il rischio c'era lo stesso.

Lei si girò a guardarlo e gli sorrise, anche se con un po' di diffidenza. Dopotutto aveva senso. Non era passato per un caffè, era la prima volta che si vedevano da quando aveva lasciato casa di lei, la sera prima. Non era sicuro se andare lì, baciarla fino a farle perdere i sensi e poi caricarsela sulle spalle per portarla fuori, oppure restare a guardarla da lontano.

Si ficcò le mani in tasca e si permise di sorridere più apertamente, in modo che lei sapesse che era contento di vederla.

Sierra spostò lo sguardo dall'uno all'altra e sorrise come il Grinch[1] a Natale. Sembrava che volesse fregarsi le mani dalla gioia. In realtà Sloane notò tutto solo con la coda dell'occhio, perché il resto della sua attenzione era assorbito dalla bionda di fronte a lui, la bionda che voleva tra le sue braccia.

"Ciao," la salutò.

"Ehi, ciao."

Sierra batté le mani, ma lo fece davvero, poi scivolò giù dallo sgabello. "Ciao, Sloane. Sto andando da Harry e Marie a prendere i bambini." Sierra sorrise. "Oggi i miei genitori volevano passare del tempo con i nipoti. Hailey mi stava giusto dicendo che per oggi ha finito, sono arrivati i suoi aiutanti a chiudere il negozio per la giornata. Tempismo perfetto."

Gli fece un cenno con la mano e salutò tutti gli altri, prima di dirigersi verso la porta della Montgomery Ink, presumibilmente per dare un bacio al marito prima di andarsene.

A quel punto Sloane e Hailey si ritrovarono goffamente in piedi l'uno di fronte all'altro, in silenzio.

Hailey si schiarì la gola. "Ehm, sì, stavo per venire."

Sloane voleva farla venire in tutt'altro senso.

Gesù, doveva tenere a bada i pensieri sconci.

Dal modo in cui le guance di Hailey arrossirono, anche lei sembrava aver pensato lo stesso. Interessante.

"Vuoi mangiare qualcosa?" le chiese. Immediatamente lo stomaco di Sloane brontolò. Sonoramente. Lui trasalì: "A quanto pare, ho davvero fame."

Allora Hailey sorrise e fece un cenno al bancone. "Ti porto dello stufato. È la ricetta che ti piace. Ne prenderò anch'io una porzione."

Sloane la guardò negli occhi. "Possiamo portarcelo via?"

Lei studiò il suo viso per un momento, poi annuì. "Si può fare. Dove andiamo?" Hailey si morse di nuovo il labbro, percorrendo con lo sguardo tutto il corpo di Sloane, lentamente.

"A casa tua," le sussurrò, provocandole un respiro tremante.

"Oh. D'accordo." Hailey alzò di nuovo lo sguardo e si leccò le labbra. "Va bene." Poi tornò a voltarsi verso la cucina e lui deglutì a fatica.

Sloane non sapeva cosa avrebbero fatto una volta arrivati a casa di Hailey, ma non vedeva l'ora di scoprirlo. Lei tornò poco dopo, con la giacca e una grande borsa tra le mani. Lui gliela prese, sfiorandole le dita.

Entrambi trattennero un respiro e a lui venne da sorridere. "Ti seguo," le disse dolcemente, per poi chinarsi a sfiorarle le labbra con un bacio.

Lei gli si strinse più vicino e lui dovette trattenere un gemito. Erano in pubblico, in quella che era l'attività commerciale di Hailey. Non era consono che lui la afferrasse per la vita e la mettesse sul bancone, così da trovarsi a un angolo migliore per baciarla.

Avrebbe dovuto aspettare che fossero soli, per quello.

Quando lui si tirò indietro, lei si leccò di nuovo le labbra. "Ci vediamo a casa mia," gli sussurrò, poi gli prese la mano e lo condusse al parcheggio.

Sloane fu pervaso da un sollievo inebriante. Aveva paura di doversi nascondere, visto che era una storia appena iniziata, ma non era così. Non ci aveva pensato due volte a chinarsi per baciarla quando se l'era trovata davanti, ed era dannatamente fortunato che lei non si fosse tirata indietro troppo in fretta.

Dovevano parlare, ma prima... prima voleva assaggiarla.

Non appena entrarono in casa, Hailey chiuse a chiave la porta e appoggiò la schiena contro il legno duro.

"Hai fame?" gli chiese.

Sloane annuì e appoggiò la borsa sul tavolo dell'ingresso. "Sì, decisamente. Ma penso che il cibo possa aspettare."

Allora lei sorrise. "Bene."

Sloane le prese il viso tra le mani e poi premette la bocca su quella di lei. Hailey aprì le labbra per accogliere il bacio, lui intrecciò la lingua con lei, entrambi gemendo in un modo che glielo fece immediatamente venire duro. Lei gli mise le mani sulla schiena, affondando le unghie nella giacca di pelle malconcia.

Non era abbastanza.

Lui voleva *sentirla*. Sloane si staccò da lei, poi si tolse la giacca e la gettò sul pavimento insieme a quella di Hailey.

"Mi vuoi, Hails?" le chiese, con voce roca. Aveva bisogno di saperlo, prima di andare avanti.

Lei si allungò a mordergli il mento, provocandogli un brivido lungo la schiena. "Sì. Ti voglio. Ti ho voluto per anni. Avrei voluto che venissi oggi a darmi il bacio del buongiorno, ma ora sono contenta che tu non l'abbia fatto. Perché se lo avessi fatto, ti avrei portato nel mio ufficio e ti avrei scopato proprio lì sulla mia scrivania. Probabilmente non sarebbe stato il modo migliore per iniziare la giornata lavorativa."

Lui la fissò per un momento, poi gettò indietro la testa e rise. "Gesù, sono così fottutamente felice di non essere il solo. Ho provato a tenerti lontano dalla mia mente, come faccio da fin troppo tempo, ma non ha funzionato. Quando non stavo pensando se dovevo venire nel tuo negozio o no, stavo pensando a cosa volevo farti non appena ti avessi visto. Ti voglio troppo, Hails. Ti voglio così tanto che non so se riuscirò a essere gentile."

"Sloane..."

Lui le fece scorrere le mani sul torace e si fermò proprio sotto i seni. "Devi dirmi cosa fare, Hails. Non voglio farti del male."

"Non puoi farmi del male," gli sussurrò lei, anche se entrambi sapevano che non era proprio la verità. Ma non era il caso di parlarne. Non potevano parlarne in quel momento.

Quando lui si mosse per afferrarle il seno, lei inspirò. "Dimmi cosa fare." La sensazione del corpo di lei non era affatto diversa da quella che lui si era aspettato, ma non voleva farle del male.

"Lo stai già facendo. Non sono fatta di cristallo, Sloane."

Lui si chinò e le premette la bocca sulla tempia. "Sei molto più forte del cristallo, ma voglio farti stare bene."

"Sono abbastanza sicura che sia impossibile per te non farmi stare bene."

Lui la baciò sul collo e lei inclinò la testa per offrirgli meglio la pelle. "Non farò l'amore con te per la prima volta contro una porta. La prima volta lo faremo nel tuo letto." La baciò di nuovo. "La prossima volta possiamo farlo contro la porta. O sul tavolo. O sotto la doccia.”

Hailey si lasciò sfuggire un sospiro tremante. “Mi pare che tu abbia già pensato a tutto.”

“Non proprio a tutto, ma ho pensato a molte cose.”

Lei inclinò la testa per guardarlo negli occhi: “Anch’io.”

Sloane la baciò e Hailey allontanò la mano di lui dal suo seno. Mentre lei gli avvolgeva le braccia intorno al collo, lui si allungò per prenderle il sedere tra le mani e la sollevò da terra. Lei emise un versolino contro la bocca di Sloane e lui la baciò più forte. Quando si spostò verso la camera da letto, lei gli avvolse le gambe intorno alla vita, premendo il suo calore contro di lui.

Cazzo. Non sarebbe durato a lungo.

Non appena arrivò nella camera da letto, Sloane la mise a terra e si allontanò, in modo da poterla guardare in viso.

Hailey si morse il labbro e tirò nervosamente la parte inferiore della tunica. “Io ... sono stata solo con un’altra persona dopo gli interventi. So che non vuoi sentire parlare di altri uomini, ma volevo assicurarmi che tu sapessi che non sarai il primo a vedere le mie cicatrici, oltre al mio medico." Strinse le labbra. "Sarai il secondo, in realtà."

Sloane digrignò i denti al pensiero di lei con un altro uomo, ma lo respinse il più velocemente possibile. Lei glielo aveva detto per una ragione precisa e lui lo capiva, ma non significava che dovesse piacergli. Dall'esitazione nei movimenti di Hailey, Sloane sospettava che l'idiota prima di lui non si fosse comportato bene. Non avrebbe permesso che accadesse di nuovo.

"Come ti stavo dicendo, dimmi cosa devo fare."

"Solo fare l'amore con me," sussurrò lei. Con quelle parole Hailey si sfilò la tunica dalla testa ed espirò nervosamente. Sloane vide le cicatrici sulla pancia, i segni del trapianto sul petto. Il reggiseno che indossava ne copriva la maggior parte, ma comunque era chiaro che aveva subito un intervento chirurgico.

Sloane le si avvicinò e le mise una mano sulla schiena, per raggiungere la chiusura del reggiseno. Allo stesso tempo, si chinò su di lei per baciarla dolcemente. Quando lui sganciò la fibbia, Hailey mosse le braccia per lasciar cadere il reggiseno sul pavimento tra i loro piedi.

"Non è bello da vedere," gli disse lei, con voce

ferma. "Ma anche se mi ci è voluto molto tempo, adesso so di essere bella, nonostante le cicatrici."

Sloane si allontanò e la guardò negli occhi, poi abbassò lo sguardo sul seno. Sentì il cuore stringersi nel petto, alla vista di quello che aveva rischiato di portar via per sempre la sua donna.

"Sei bellissima *con* le cicatrici, Hailey." Ed era vero. Il chirurgo plastico aveva fatto un lavoro fantastico, ma anche se gli interventi non fossero stati meticolosi come evidentemente erano stati, Hailey sarebbe stata bellissima comunque.

Lunghe cicatrici attraversavano entrambi i seni, alcune più piccole ne segnavano la parte inferiore. Sezioni della pelle si erano affossate o increspate, laddove il tessuto e i muscoli sottostanti si erano spostati durante il processo di guarigione.

"Non ho l'aspetto che avevo una volta."

Lui inclinò la testa verso di lei e annuì. "Nessuno rimane uguale. E tu, cazzo, hai l'aspetto di una sopravvissuta, Hailey. E questo è tutto ciò che conta. Capito? Sei *qui*. Sei qui con me ed è l'unica cosa che importa. Sei viva, respiri, ogni giorno più fottutamente *bella*. Cosa posso chiedere di più? D'accordo, non hai i capezzoli. E allora? Ma sei *qui*."

Le lacrime riempirono gli occhi di Hailey, che

allungò una mano per asciugarle. Lui le intercettò velocemente la mano e fu lui stesso ad asciugarle.

"Non voglio mentirti, Hailey. Non lo farò. So che non hai lo stesso aspetto che avevi in passato, ma cazzo, nemmeno io." Sloane si tirò indietro e si tolse la camicia. Le cicatrici gli coprivano la schiena e i fianchi, così come quasi tutto il petto. Cicatrici chirurgiche, ma anche cicatrici da tagli e abrasioni, così come alcune vecchie ustioni, costellavano la sua pelle.

"Oh, Sloane..." Hailey allungò una mano e passò le dita lungo la cicatrice più grande, un misto di bruciature e tagli frastagliati. "Non lo sapevo."

Lui scrollò le spalle e mise la mano su quella di lei, tirandone il palmo in modo che si posasse sul suo cuore. "Le ho nascoste, come tu hai nascosto le tue. Non c'è motivo per cui gli altri sappiano, solo per poi sentirsi in difficoltà e non sapere cosa dire, o come sentirsi. Ma tu non sei come gli altri. Tu sei Hailey. Siamo entrambi segnati, ma siamo *qui*."

Mentre quelli che lui si era lasciato alle spalle non c'erano più.

Ma non voleva pensarci in quel momento.

Non quando aveva Hailey davanti a sé, nuda nel corpo e nell'anima.

"Me ne parlerai?" gli chiese lei.

In un primo momento lui credette che lei stesse parlando dei suoi commilitoni caduti, ma poi si rese conto che si riferiva alle cicatrici. Ovviamente, in un certo senso le due cose coincidevano, e lui sapeva che prima o poi avrebbe dovuto raccontarle tutto.

"Non ora. Prima facciamo l'amore."

"Va bene," acconsentì lei. "Ti prendo in parola."

"Lascia che ti abbracci."

Sloane la baciò di nuovo, facendole scorrere le labbra lungo il collo prima di inginocchiarsi di fronte a lei. Il corpo di Hailey tremò, ma gli mise le mani sulle spalle. Quando Sloane le baciò il seno sinistro e la cicatrice che lo ricopriva, sentì la prima lacrima di Hailey cadere sulla sua testa. Continuò a baciare ogni cicatrice, ogni segno che l'aveva deturpata, ma che alla fine l'aveva salvata. Senza il dolore, senza le cicatrici, l'avrebbe persa prima ancora di poterla avere. E non doveva mai dimenticarlo.

Anche se Hailey forse non poteva sentire il suo tocco con la stessa intensità del passato, lui voleva amarla in ogni modo possibile. Entrambi avrebbero goduto, quella sera, avrebbero fatto l'amore fino a essere esausti, ma prima lui doveva imparare ad amare il nuovo corpo di Hailey.

Ogni parte del suo corpo.

Forse lui era troppo grosso, troppo malridotto, troppo tormentato, ma voleva che quella fosse un'occasione speciale per lei.

Non poteva succhiarle i seni, giocare con lei come avrebbe fatto con un'altra donna, ma c'erano comunque altre cose che poteva fare. Quando Sloane mosse le labbra sul petto di Hailey per poi scendere sul suo ventre, lei gli mise le mani sulla testa per tenerlo attaccato a sé.

Lui si tirò indietro e sorrise. "Scommetto che in questo momento vorresti che avessi dei capelli da tirare."

Lei tirò su col naso, sebbene avesse gli occhi pieni di desiderio. "Io...l'ho *sentito*, Sloane. Non era... non è stato come prima, ma i tuoi baci..."

Lui si alzò rapidamente in piedi e schiacciò la bocca contro quella di Hailey. Lei ansimò e si spinse contro di lui: sentiva l'uccello duro che le premeva contro la pancia, Sloane gemette.

Lui si allontanò, la portò sul letto e poi con una mossa rapida le abbassò i pantaloni. Lei rimase a bocca aperta, ma poi rise quando si impigliarono nelle scarpe.

Lui sbuffò, poi le slacciò le scarpe e lanciò i

pantaloni dall'altro lato della stanza. "La prossima volta ci togliamo le scarpe sull'uscio."

Lei incontrò il suo sguardo. "Affare fatto."

Lui si tolse rapidamente i vestiti, le scarpe come prima cosa, e si mise a letto con lei. Si baciarono di nuovo, le loro mani vagarono sui corpi l'uno dell'altra finché non rimasero entrambi senza fiato. Quando lei fece per afferrargli l'uccello, lui la fermò.

"Se mi tocchi adesso, verrò subito e rovinerò il resto della nostra serata." Poi gemette quando lei gli fece scivolare il piede sul polpaccio. "Non sono più giovane come una volta, Hailey."

"Avevo dimenticato che sto frequentando un uomo così anziano."

Lui la lasciò andare, ma solo per allungare la mano e schiaffeggiarla sul culo. "Impertinente."

"Sai che lo sono."

Sloane si leccò le labbra e imprecò, poi si alzò a cercare il portafogli e il preservativo che ci aveva lasciato dentro.

"Quel coso non è ancora scaduto?" gli chiese lei.

"Sì," le rispose tornando da lei, poi si srotolò il preservativo addosso per tutta la lunghezza. "Ce l'ho messo stamattina."

"Un po' presuntuoso, non credi?" lo prese in giro.

Lui le salì addosso e premette la punta dell'uccello contro la sua apertura. "Adesso sentirai se sono presuntuoso o meno."

Lei gemette. "Battuta terribile, Sloane."

"Vero, ma lo sentirai comunque. Lo sentirai tutto." Detto questo, la baciò di nuovo, poi spinse con i fianchi e la riempì tutta con un solo movimento. Entrambi gemettero con i corpi tremanti.

"Sei... più grosso di quanto pensassi."

Lui non riuscì a trattenere un sorriso. "Grazie." Poi la baciò. "E tu sei fottutamente stretta."

"Grazie," lo prese in giro lei, che poi ansimò quando lui iniziò a muoversi.

Sloane intrecciò le mani a quelle di Hailey e continuò a guardarla negli occhi. Gli occhi di lei si scurirono di desiderio e la sua bocca si aprì, mentre facevano l'amore, lentamente, eternamente. Un'altra volta sarebbe stata diversa, il sesso sarebbe stato più duro, più estremo, a seconda di cosa avrebbero voluto entrambi. Ma per quella volta, in quel momento, erano semplicemente *loro*.

Lui non era un poeta, un uomo in contatto con i propri sentimenti, ma con Hailey sotto di lui, che gli affidava letteralmente il suo corpo e la sua fiducia, Sloane sentiva che se fosse morto in quel momento avrebbe trovato il paradiso.

Tuttavia non voleva lasciarla, non voleva perderla.

Mentre spingeva ancora una volta, la sua passera gli si strinse intorno come una morsa e Sloane venne con lei, i loro cuori che battevano all'unisono e i respiri ansimanti.

Era sua, anche se solo per quel momento.

E se si fosse sforzato abbastanza, forse sarebbe riuscito a non rovinare tutto. Ma conosceva se stesso e conosceva il proprio passato.

La voleva e voleva *viversela* fino alla fine dei suoi giorni, ma era Sloane Gordon e non c'era mai un lieto fine per lui.

Non ne aveva mai avuto uno... e mai lo avrebbe avuto.

---

1. Creatura antropomorfa pelosa, panciuta, a forma di pera, dalle pupille rosse e bulbi oculari gialli e con un viso da gatto, con una personalità cinica, nasce nel 1957 ed è chiamato anche *Sgruntolo* nella serie TV *Il gatto col cappello* (1996). [NdT]

Capitolo cinque

HAILEY SI SENTIVA INDOLENZITA IN TUTTI I POSTI
giusti e con la testa completamente per aria. La sera
prima, lei e Sloane avevano fatto l'amore altre due
volte, nonostante Sloane avesse detto di non essere
più giovane: anche se aveva effettivamente dieci
anni più di lei, non c'era niente di vecchio nel modo
in cui faceva sesso.

Lei aveva sempre saputo che sarebbero stati
esplosivi a letto, perché non c'era possibilità che un
uomo come Sloane, un uomo così bravo con le
mani, fosse meno che fantastico, ma non aveva idea
che sarebbe stato anche *così...* eccitante.

All'inizio, lui si era mosso con estrema lentezza e
attenzione: ogni bacio, ogni respiro era saturo di

piacere e dolorosamente tenero. Mentre si esploravano l'un l'altra, l'eccitazione era aumentata fino quasi a scioglierli entrambi come lava incandescente.

Hailey sentì il cuore battere forte al pensiero di quanto lui fosse stato dolce e sexy.

Ma ora non aveva idea di cosa diavolo sarebbe successo.

Non avevano parlato del significato di quell'incontro, o di cosa il futuro avrebbe riservato loro, perché sarebbe stato un discorso troppo impegnativo. Stavano prendendo le cose con calma. O almeno ci stavano provando, dato che erano già stati a letto insieme. Ma bisognava anche considerare che si erano girati intorno per anni.

Finire a letto insieme era inevitabile.

Anche innamorarsi di Sloane era inevitabile.

Hailey avrebbe solo voluto sapere se anche lui poteva innamorarsi di lei.

Ad Hailey non era sfuggito il fatto che, mentre lei gli aveva raccontato i propri segreti, lui non aveva fatto altrettanto. Aveva la sensazione che questo avesse a che fare con le cicatrici che deturpavano il suo corpo, la cui gravità l'aveva colta di sorpresa. Era stato ferito. Gravemente. Ma lei non aveva scoperto la profondità di quel dolore. Però voleva farlo e pregava che lui un giorno le raccontasse cosa gli era successo.

Ma non sarebbe accaduto se, o fino a quando, lui non fosse stato pronto.

Solo perché lei si era sentita pronta a raccontargli finalmente il proprio passato, non significava che anche lui dovesse essere pronto. Hailey sapeva che non era giusto forzare i bisogni di Sloane, imporgli i propri tempi. Se avessero continuato a vedersi come stavano facendo, con fiducia e costanza, lei sperava che presto Sloane si sentisse pronto a rivelarle qualcosa.

Sperava che si aprisse sempre di più e che tornasse a essere l'uomo che si nascondeva sotto quell'apparenza burbera, ne era certa.

Tuttavia, Hailey non sapeva ancora se c'era un vero futuro insieme ad aspettarli, perché non ne avevano mai *parlato*. Ecco cosa la infastidiva da morire. Se sentiva un fascio di nervi, così diversa dalla solita Hailey, tanto da non sapere più cosa diavolo stesse facendo.

"Va bene, ragazza, se te stai in un angolo con la faccia da cucciolo smarrito, mi costringi a prenderti a calci in culo," disse Maya con un sorriso.

Hailey sbuffò, poi agitò le braccia. "Scusa, tesoro, stasera sono un po' distratta."

"Ma dai, non mi dire," ironizzò Maya che poi le porse con naturalezza un bicchiere di margarita, pieno fino all'orlo. "Devi guidare, quindi te l'ho fatto analcolico. Anzi, stasera ho preparato *solo* frozen margarita analcolici alla fragola. Cavolo, come cambiano in fretta le cose."

Sierra alzò gli occhi al cielo e bevve il suo frivolo cocktail analcolico rosa. "Dobbiamo tutte tornare a casa e prepararci per il lavoro di domani, oltre a trascorrere del tempo con le nostre famiglie. Oppure abbiamo mille altre cose da fare."

Hailey prese il suo drink e andò a sedersi accanto a Miranda.

"In effetti è così," concordò Miranda. "Decker e io non abbiamo figli, ma mi piace comunque vederlo ogni sera."

"E ti piace esercitarti a cercare di averli, i bambini," la prese in giro Callie.

"Non voglio pensare a Miranda che si esercita a fare bambini," disse Meghan con un sorriso. "Sebbene *anche* Luc e io ci stiamo allenando il più possibile."

"Stronze," borbottò Maya.

"Sei solo invidiosa che noi scopiamo," disse Autumn con un sorriso zuccheroso.

Maya le lanciò un cuscino, mancando per un pelo il bicchiere di Autumn.

"Attenta, tesoro, hai quasi macchiato il tuo divano," la redarguì Hailey.

"Odio anche te," replicò Maya socchiudendo gli occhi. "Conosco bene quel rossore sulle tue guance e la spavalderia nella camminata di Sloane. Siete andati a letto insieme. Era ora."

Hailey sollevò il mento. "È vero, l'abbiamo fatto. Non c'è ragione di tenerlo nascosto. Ho fatto del sesso bollente e perverso, che mi ha fatto sudare da matti, e ho intenzione di farlo di nuovo." Era tutto quello che poteva dire di sapere sul suo rapporto con Sloane.

Le ragazze lanciarono dei gridolini e agitarono i loro culetti sulle sedie.

"Alla salute di Hailey e Sloane!" esclamò Maya. "E al loro sesso magnifico, anche se io invece non ne faccio da secoli."

"Sìììì!" esclamarono in coro le altre.

Hailey alzò gli occhi al cielo, ma poi bevve anche lei un sorso del suo drink partecipando a quel brindisi e desiderando intensamente che ci fosse dell'alcol dentro. "Sai, Maya, anche tu potresti fare sesso. Così per dire."

Maya le sorrise, ma i suoi occhi rimasero seri e

Hailey si maledisse, facendo del suo meglio per non guardare la donna che in quel momento era seduta accanto a Maya.

Holly era la ragazza di Jake. Una storia seria, a quanto pareva. Maya e Jake erano grandi amici, anche se il mondo intero pensava che tra loro ci fosse qualcosa di più. Apparentemente, si erano sbagliati tutti e Maya stava facendo del suo meglio per coinvolgere Holly nel gruppo di amiche. L'unico problema era che la dolce e adorabile Holly non c'entrava niente con loro, anche se non gliel'avrebbero mai fatto pesare. I Montgomery e i loro amici non erano degli stronzi.

Sebbene Hailey volesse saperne di più su quello che stava succedendo in quell'angolo della stanza, sapeva anche di avere altro a cui pensare. Aveva chiesto alle ragazze, Sierra, Callie, Maya, Holly, Miranda, Meghan, Autumn e Tabby, di incontrarsi tutte insieme, così da raccontare finalmente quello che avrebbe dovuto dir loro molto tempo prima. Autumn si era unita di recente alla loro cerchia, dato che aveva appena trovato l'amore con Griffin Montgomery, anche Holly era un'aggiunta recente, era stata invitata solo perché passava molto tempo con Maya, ma ad Hailey non dava fastidio che ci fossero anche loro. Si erano tutte riunite a casa di Maya, perché era lì che si incontravano di solito, oltre che al Taboo. Maya non aveva figli e possedeva un ampio soggiorno, con un sacco di spazio per sedersi. Inoltre, aveva un frullatore eccezionale.

"Ok, ora che abbiamo fatto sentire Maya a disagio per la sua vita sessuale inesistente, perché non ci dici il motivo di questo incontro?" le chiese Callie.

Hailey sospirò. "Mi hai letto nel pensiero. L'ho già detto a Sloane, ma volevo dirlo anche a voi. A tutte voi. È qualcosa che avrei dovuto dirvi molto tempo fa."

Miranda le andò vicino. "Di cosa si tratta?"

"Sette anni fa mi è stato diagnosticato un cancro al seno." Raccontò la sua storia come l'aveva raccontata a Sloane, andando dritta al punto, senza giri di parole. Eppure quella sera non le sembrò altrettanto difficile; era come se, dopo averlo detto ad alta voce una volta, fosse diventato più facile.

Le ragazze si commossero e la circondarono per abbracciarla. Anche Hailey pianse; dopotutto, le donne in quella stanza erano la famiglia che si era scelta, anche se non c'era un legame di sangue. Hailey aveva perso tutte le altre persone che amava, ma almeno aveva queste donne, insieme ai loro compagni.

Aveva anche Sloane, e doveva ricordarselo. Se non avessero rovinato l'amicizia che avevano, poteva farcela. *Poteva.*

Meghan le prese il viso e le baciò la guancia, riportando Hailey al presente e fuori dai pensieri che si contorcevano su Sloane.

"Perché non ce l'hai detto prima?" chiese Meghan. "Perché hai deciso di portare questo fardello da sola?"

Hailey strinse le labbra. "Non lo so. All'inizio stavo ancora imparando a conoscervi tutte, poi è diventato difficile trovare l'occasione giusta. Ma ero stanca di nasconderlo." Emise un sospiro quando Meghan si allontanò. "Ma visto che ne stiamo parlando, fate l'autopalpazione del seno, signore. Mi ha salvato la vita. Se sentite un nodulo, richiedete una biopsia. Fate subito qualcosa. I vostri dottori potrebbero non capire tutto in anticipo, quindi non esitate a fare le domande importanti. Mi avete capito?"

Le altre annuirono, poi si unirono in un abbraccio di gruppo che confortò Hailey.

"Vi voglio bene, ragazze mie. Così per dire." Hailey scoppiò in una risata e poi si tirò indietro per asciugarsi le lacrime. "E su questo pensiero, penso che andrò a casa e farò un lungo bagno caldo. Volevo soltanto potervelo dire mentre eravate tutte insieme. So che avete tutte una famiglia e un lavoro a cui tornare. Ma, sì..."

Salutò il gruppo, mentre tutte si disperdevano e si asciugavano le lacrime. Era stato più difficile, dannatamente più difficile dirlo a Sloane, ma era contenta di averlo detto anche alle altre. A loro volta, le amiche lo avrebbero raccontato ai rispettivi compagni e ai Montgomery, così finalmente Hailey non avrebbe più avuto segreti da nascondere.

Era libera.

Libera di tornare a casa da sola e capire cosa diavolo fare con Sloane. Dieci minuti più tardi stava rientrando a casa e dovette fermarsi di botto nel soggiorno, un po' troppo persa per sentirsi sollevata. E se avesse incasinato tutto? E se fosse stato Sloane a incasinare tutto? Non sapeva perché fosse così spaventata da quello che poteva accadere con lui. Sapeva di piacergli *così com'era*, ma forse avevano comunque commesso un errore. E se questo errore avesse rovinato l'amicizia che aveva con lui in passato... o il rapporto con i Montgomery? E se...

Hailey si maledisse.

Si stava chiudendo da sola in un angolo dove

era meglio non restare intrappolata. Si odiava per come si stava comportando diversamente dal solito.

Venne sorpresa da un improvviso bussare alla porta e guardò attraverso lo spioncino. Non appena vide la grossa figura di Sloane si rilassò, anche se il suo corpo si scaldò al pensiero di lui.

"Ehi," lo salutò, una volta aperta la porta.

Lui aveva una confezione di lattine di birra in una mano, una pizza nell'altra e sorrideva. "Ho sentito che la serata con le ragazze è finita presto. Che ne dici di un film?"

Hailey fece un passo indietro e si passò una mano lungo il ventre contratto mentre lui la superava. "Va bene," disse semplicemente.

Bene. Sarebbe andato tutto bene. Se lei avesse smesso di pensarci così tanto, sarebbe andato tutto bene.

Doveva per forza.

IL CALORE della bomba lo scorticò facendolo urlare. Non poteva muoversi, non poteva respirare. Il peso di una parte del cingolato gli premeva contro il petto, mise le mani sui bordi, ringhiando mentre la carne si ustionava.

Si voltò di lato, il suo corpo immobile alla vista di ciò che non avrebbe dovuto accadere.

Gli altri cinque uomini al suo fianco lo fissavano con occhi vitrei, le bocche spalancate, le mascelle aperte in modo innaturale, urlavano, un grido che lui non riusciva a sentire. Cercavano di afferrarlo, artigliandogli il corpo mentre lui cercava di liberarsi.

Ma lui non sarebbe stato mai più libero.

Le catene della memoria, del senso di colpa per essere sopravvissuto e aver trovato la felicità in cui non sperava più, gli serravano il petto, il collo e le viscere in una morsa implacabile. Iniziò a soffocare. I cinque corpi tornarono alle loro forme reali, giovani uomini senza speranza nei loro sguardi, ma solo morte. Erano troppo giovani per bere alcolici, ma abbastanza grandi per morire tra le sue braccia.

Sloane si svegliò di nuovo, il corpo gli tremava.

Grazie a Dio aveva dormito a casa sua, quella notte. Non aveva ancora dormito da Hailey, anche se avevano già passato insieme molte notti. Lui conosceva bene quegli incubi, abbastanza da sapere che era impossibile prevedere quando sarebbero arrivati. Non voleva che Hailey vivesse quell'esperienza, o meglio che lo vedesse nello stato in cui lo gettavano. Poteva solo pregare di non svegliarsi con lei al fianco mentre cercava di assestare colpi, non sarebbe stato in grado di affrontarne le conseguenze.

Erano passati un paio d'anni da quando aveva parlato con uno psichiatra, ma forse era il momento di farlo di nuovo. Non aveva paura degli strizzacervelli, ma a volte quelli che non erano stati in guerra semplicemente non lo capivano. Dicevano le cose giuste, annuivano al momento opportuno, ma se non avevano visto i loro amici morire, o un ragazzino colpito alla testa per aver attraversato la strada nel momento sbagliato, non potevano capire.

Quasi tutti i giorni, Sloane si sentiva bene. In effetti, stava molto meglio di prima. Poteva sedersi in stanze affollate e riusciva a gestire i rumori forti. I suoi sintomi si manifestavano più tardi, la notte, nei sogni. Non era messo male come altri ragazzi, ma era cosciente che gli incubi, e il fatto che a volte iniziasse a sudare freddo di colpo, anche durante il giorno, forse non sarebbero mai scomparsi. Non era mai stato violento, a parte a volte il bisogno di boxare per alleviare lo stress, ma quello esisteva già prima di aver visto ciò che aveva visto, prima di aver fatto ciò che aveva fatto. Prima di avere Hailey e di svelare una parte di se stesso che non era pronto ad affrontare, figuriamoci mostrarla ad Hailey.

Di solito non si svegliava combattendo, ma poteva succedere, se non fosse stato attento. Non era tutto rose e fiori. Le cose non miglioravano per caso. E anche se avesse avuto la capacità di riflettere su se stesso, sulla propria sofferenza e sulla necessità di elaborarla, non sarebbe successo dall'oggi al domani. Forse non sarebbe successo affatto.

Era un'idea con cui doveva convivere.

Ma non era una situazione che poteva imporre alla donna che amava.

Aveva compagni che avevano passato molto peggio. Sapeva che altri avevano letteralmente attraversato l'inferno. Il disturbo da stress post-traumatico non era qualcosa per cui qualcuno poteva indossare un nastro e definirsi un fottuto alleato. Era qualcosa che affliggeva troppe persone, e poi c'erano quelli che non capivano e ti esortavano a superarlo.

Lui non l'avrebbe mai superato.

E diavolo, se l'avesse superato, cosa sarebbe successo allora? Si sarebbe dimenticato dei suoi compagni d'arme? Avrebbe dimenticato gli amici che aveva perso per sempre?

Ringhiò tra sé e sé, frustrato dalla direzione che avevano preso i suoi pensieri.

Fanculo.

Si costrinse ad alzarsi dal letto e si diresse verso la doccia. Girò la leva per ottenere l'acqua più calda possibile e lasciò che il vapore appannasse la stanza mentre lui si spogliava e si lavava i denti. Poi entrò nella doccia e cercò di lavare via il senso di colpa e di peccato che si sentiva addosso.

Se solo Hailey fosse stata lì con lui. Lo avrebbe aiutato. Ogni volta che affondava dentro di lei, dimenticava il dolore e pensava solo a lei. Al pensiero di fare l'amore con lei, l'uccello gli si riempì di sangue pulsante. Lo prese in mano, con la mente che andava in mille direzioni diverse, ma Hailey era in prima linea. Pensò al calore del suo corpo, al modo in cui ansimava mentre veniva, al modo in cui gli piantava le unghie nella schiena. Mise una mano sulla parete della doccia e iniziò a masturbarsi, stringendo alla base e tornando su con rapidi movimenti di torsione.

Immaginò Hailey che inarcava la schiena, che lo fissava infilandosi le dita nella passera, finché venne.

Forte.

Spruzzi di sperma colpirono il muro della

doccia e poi scivolarono nell'acqua, che ora si stava raffreddando.

Sloane fece un passo incerto all'indietro, poi ruggì. Prese a pugni il maledetto muro, con le nocche che scivolavano tra le piastrelle malmesse. Il dolore gli risalì lungo il braccio e pensò che forse si era rotto la mano, ma non gli importava. Non gli importava di nulla. Era sporco, sudicio. Corrotto in ogni senso. Si era appena fatto una sega, pensando a una donna che era troppo per lui.

Sentiva di non valere niente. Era solo un uomo che avrebbe dovuto morire con i suoi commilitoni, invece di vivere per vedere un altro giorno... invece di vivere per amarla.

Non era giusto nei confronti di coloro che erano morti.

Non era giusto verso di lei.

Allontanò la mano dalla piastrella e il dolore lo fece sussultare. Il sangue gli colò lungo la pelle e nello scarico sottostante. Strinse il pugno, ma non percepì un dolore acuto, quindi pensò di essere stato dannatamente fortunato. Era un tatuatore, cazzo. Lavorava con le mani ogni giorno e aveva quasi rovinato *tutto* in un attacco di rabbia cieca.

E cosa sarebbe successo se avesse rovinato tutto anche con Hailey, eh?

Doveva porre fine a quella frequentazione, prima che entrambi si affezionassero troppo. Se l'avesse interrotta presto, piuttosto che tardi, allora forse sarebbero rimasti dei pezzi da raccogliere e avrebbero mantenuto una parvenza di amicizia.

Ma prima di tutto avrebbe aiutato Hailey con il suo tatuaggio. Lo avrebbe fatto perché era uno stronzo, abbastanza egoista da voler essere *lui* a lasciarle un marchio indelebile sul corpo... anche se non poteva fare lo stesso con la sua anima.

Non nel modo giusto.

Non era abbastanza bravo per quello. E una volta che Hailey se ne fosse resa conto, sarebbe andato tutto perduto.

E Sloane sarebbe rimasto solo.

Come si meritava.

Di nuovo.

<h1 style="text-align:center">Capitolo sei</h1>

C'ERA QUALCOSA CHE NON ANDAVA IN SLOANE; Hailey non riusciva a capire cosa, si passò le mani sui pantaloni, osservandolo mentre era intento a guardare i suoi quaderni. Sloane aveva detto e fatto tutte le cose giuste, ma c'era qualcosa che non andava nei suoi occhi, come se non credesse davvero a quello che stava dicendo.

O forse era lei che stava rimuginando troppo. Lo faceva in continuazione.

Ma sicuramente c'era una tensione nelle spalle di Sloane, una tensione che prima non c'era.

Aveva un tono brusco nella voce, un tono che la spaventava.

Non sembrava causato dal dolore, ma piuttosto il segno che qualcosa in lui si fosse... rotto. Non aveva mai sentito quel tono prima, nemmeno nei giorni in cui si chiudeva nell'ufficio della Montgomery Ink e si concentrava sui suoi schizzi per esiliarsi dal mondo. Lo faceva per ore appena c'era un momento senza clienti, poi andava da lei al Taboo in cerca di caffè e cibo. Lei si prendeva cura di lui e si assicurava che tornasse a casa in forze, ma anche a quei tempi, l'oscurità negli occhi di Sloane non era profonda come in quel momento.

Hailey non riusciva a capire.

Non poteva essere stato qualcosa che lei aveva fatto, perché, dannazione, lei non aveva fatto proprio niente di male. Hailey non era il tipo di persona da incolpare immediatamente se stessa per ogni piccola cosa. Ma lui la stava spaventando tantissimo, tanto che iniziò a chiedersi se *effettivamente* non fosse lei la causa di tutto.

E questo la preoccupava.

"C'è un motivo per cui mi stai sempre appiccicata, come se volessi qualcosa?" le chiese Sloane, parlandole col sorriso sulle labbra. Forse un sorriso meno brillante di come sarebbe stato solo pochi giorni prima, ma era già qualcosa. Sloane posò la matita e si voltò verso di lei, spalancò le braccia e lei vi scivolò dentro, avvolgendogli le braccia intorno al collo.

"Non sapevo cosa fare con le mie mani," gli rispose, poi lo guardò negli occhi e fece del suo meglio per cercare di capire cosa c'era che non andava, ma era impossibile, a meno di chiederglielo apertamente.

Solo che, conoscendo Sloane, non gliel'avrebbe comunque detto.

La bocca di Sloane si increspò in un sorriso e lui abbassò le mani per afferrarle il sedere. "Io so cosa fare con le *mie*, di mani, Hails. Perché non esplori con le tue mani e scopri cosa ci puoi fare."

Hailey alzò gli occhi al cielo ma lo baciò comunque, un bacio dolce che si trasformò in qualcosa di molto più eccitante, molto più profondo. Sloane seguì con la mano le curve del suo sedere, tirandola ancora più vicino a sé mentre si baciavano. Quando finalmente si staccarono, lei dovette riprendere fiato. Poi gli tolse il rossetto dalle labbra.

"Mi dispiace," disse, mostrandogli il pollice.

Lui scrollò le spalle e le baciò anche il pollice. "Penso che mi doni, non credi?"

Hailey gettò indietro la testa e rise, ben sapendo di avere ancora le mani di Sloane incollate al sedere. "Sicuramente valorizza il tono della tua pelle. Ma sul serio, mi dispiace che sia finito tutto sulle tue labbra. Non ho indossato quello indelebile oggi perché mi piace provare prodotti diversi, ma il punto è che non sono abituata a dovermi preoccupare di lasciare tracce sul corpo di un'altra persona."

Sloane si leccò le labbra, tenendo gli occhi fissi in quelli di Hailey. "Oh, davvero? E su quale parte del mio corpo stai pensando di mettere le labbra?"

Lei abbassò la testa e gli fece scorrere i denti lungo il lobo dell'orecchio. Quando lui rabbrividì contro di lei, glielo morse leggermente. "Dove le vuoi, le mie labbra?"

La presa di Sloane si fece più forte, Hailey si lasciò sfuggire un sospiro di contentezza. "Ovunque tu voglia, Hails. Dove preferisci." La strinse di nuovo, ma senza tirarla a sé. "Prima di spogliarci e mostrarci esattamente dove vogliamo mettere le labbra, però, voglio lavorare sul tuo tatuaggio. Ho abbozzato alcune idee, ma non posso fare molto più di questo senza il tuo contributo, senza iniziare a dargli una forma."

Hailey venne presa alla sprovvista, ma annuì. Il suo corpo si raffreddò un po', non che fosse mai completamente freddo in presenza di Sloane. Erano nello studio di casa di Sloane, perché lui preferiva fare in privato la bozza di quel tatuaggio. Alla fine, al momento di fare il tatuaggio vero e proprio, avrebbe chiuso una parte del negozio, in modo che fossero solo loro due e che nessuno li vedesse, se lei preferiva così. Sebbene quella fosse una pratica standard per i tatuaggi intimi, comunque Hailey amava che lui avesse certe attenzioni.

Inoltre non era stata spesso a casa di Sloane, quindi era bello vedere dove viveva, essere tra le sue cose. Non era un posto grande, francamente era un po' spoglio, ma aveva il suo odore. A parte i lavori di ristrutturazione nel bagno, dove sembrava che lui stesse rifacendo le piastrelle, tutto sembrava essere in ordine.

Prestare attenzione alle piastrelle del bagno la aiutava a non pensare al fatto che stava per prendersi le misure del petto, in modo da poter fare il tatuaggio che desiderava da anni.

Sloane mosse le mani per prenderle il viso. "Hails."

Lei sbatté le palpebre.

"Non dobbiamo farlo per forza adesso. Possiamo anche non farlo mai. Questo tatuaggio devi farlo per *te stessa*. Certo, potrei vederlo anch'io quando ti toglierai la maglietta, ma tutto ciò che facciamo da qui in avanti è per te."

Il modo in cui lo disse la fece riflettere. Aveva

detto *potrei*? Significava che forse *non* si sarebbero più visti, una volta finito il tatuaggio?

Scacciò quei pensieri dalla testa e si concentrò su di lui. "Io voglio farlo. Ma è una cosa grossa per me. Capisci che intendo?"

Lui le sfiorò la guancia con il pollice. "Lo so. Ma non siamo costretti a fare per forza qualcosa, proprio oggi. Possiamo anche baciarci e basta."

Lei gli fece l'occhiolino e si liberò di parte della tensione che aveva nelle spalle. "Possiamo pomiciare anche dopo?"

"Affare fatto." La baciò dolcemente, poi la fece voltare in modo da farla sedere sulle proprie ginocchia. Hailey poté sentire la sua erezione sotto di sé, ma nessuno dei due disse nulla al riguardo. Non ancora.

"Allora, hai già fatto degli schizzi?" gli chiese. Non allungò la mano per sfiorare il quaderno rilegato in pelle che aveva di fronte, ma avrebbe voluto farlo. Era una cosa *privata* di Sloane, quindi lei si trattenne.

Lui le afferrò i capelli in un pugno e lei gli si sciolse in grembo. Quando lui le scostò i capelli di lato e la baciò dietro l'orecchio, lei aderì al suo corpo ancora di più, facendo gemere entrambi.

"Hails, piccola, non dimenarti così o ti scoperò

all'istante e non riusciremo mai a finire il tuo tatuaggio."

"Sei tu quello che mi afferra i capelli e mi bacia il collo."

Lui le tirò i capelli e lei gemette.

Hailey non si mosse, *ma* si morse il labbro. "Allora." disse lei, schiarendosi la voce. "Schizzi."

Lui le lasciò i capelli e le baciò la tempia. "Non sapevo cosa volessi, dato che non eravamo arrivati a definire nulla. Non so se vuoi fiori, o simboli, o altro ancora. Ma sono rimasto sveglio fino a tardi e ho avuto un'idea. Non devi usare per forza questo disegno. Anzi, ti suggerisco di non farlo. E anche se conosco abbastanza bene il tuo corpo, ora che le mie mani e la mia bocca hanno esplorato ogni centimetro di te, non ho ancora abbastanza informazioni per disegnare il tuo tatuaggio. Quindi i dettagli cambierebbero comunque, a seconda dell'angolo di visione e roba così. Ma se ti piace come base da cui partire, allora fai pure. Non riuscivo proprio a togliermelo dalla testa. Capisci che intendo?"

"Lo capisco." Hailey si appoggiò a lui. Il fatto che lui avesse pensato a qualcosa per lei, come se non *potesse* fare a meno di metterlo su carta, le scaldò il petto in un modo a cui non voleva pensare proprio in quel momento. "Fammelo vedere."

Sloane si allungò a prendere il quaderno accanto a lei, aveva le mani ferme, ma lei poteva sentire la tensione nel suo corpo. Quel disegno era importante per lui. Non solo il tatuaggio che alla fine le avrebbe inciso sulla pelle, ma quello che stava per mostrarle. Era importante anche per lei.

Al primo disegno lei inspirò forte. "Sloane."

Lui non disse niente, ma lei allungò una mano tremante a sfiorare i bordi del foglio. "Come... come facevi a saperlo?"

"Che intendi dire?"

"È ... è quasi esattamente quello che avevo in testa. Come lo sapevi?"

Lui deglutì a fatica e lei poté sentirlo. "Immagino sia perché ti conosco meglio di quanto pensassi."

Allora lei lasciò cadere qualche lacrima e studiò il disegno. Amava quell'uomo, amava tutto di lui. La *conosceva*. E anche se lei ancora non sapeva tutto di lui, lo avrebbe scoperto presto.

Doveva riuscirci.

La mano le tremò ancora una volta, mentre toccava il bordo del foglio e stringeva le labbra. Sloane era riuscito a catturare quasi esattamente quello che lei voleva, o almeno il fulcro centrale, senza che lei dovesse neanche chiedere. Lunghi rami si protendevano dal suo lato destro e le attraversavano il petto. Il tronco dell'albero senza foglie scendeva lungo il lato del torace, fino alle radici che le avrebbero avvolto i fianchi. La corteccia non sarebbe stata marrone, ma un mix di simboli gaelici neri con ombre nel mezzo. Forse avrebbe chiesto a Sloane di aggiungere spruzzi di rosso e rosa nelle parti bianche, se avessero fatto un bell'effetto. Non ne era sicura. Quanto ai rami, si aggrovigliavano tra loro sui suoi seni, con un unico nastro rosa acceso avvolto intorno, la cui estremità penzolava da un ramo. Petali di fiori di ciliegio cadevano dall'albero e aggiungevano un tocco di colore all'opera. Alla base dell'albero giaceva un cespuglio di rose rosse, che si avvolgevano intorno al ventre e ne coprivano la cicatrice.

"È..."

"Il simbolo della tua forza e della tua bellezza. Se non ti piace il nastro, possiamo toglierlo. Oppure possiamo sostituirlo con una piovra, una torta o qualcos'altro sul tuo fianco."

Hailey sbuffò. "Sei serio? Una piovra? Una torta?"

"Sei una pasticcera... e poi di questi tempi va di

moda farsi tatuare una piovra. Non ho idea del perché. Probabilmente per via dei tentacoli."

Hailey oscillò un po' in modo da mettersi a sedere di lato su di lui. "È… perfetto. Insomma, potremmo aggiungere o cambiare qualcosa, ma è proprio quello che volevo. Volevo un albero, volevo dei simboli, volevo il rosa e il rosso. Ci hai *preso*, Sloane. Mi capisci."

Lui la strinse a sé e le baciò il mento. "Mi piace pensare di averti capito, Hails. Dovrò disegnare il tuo corpo per assicurarmi di poter realizzare bene la bozza, ma hai le curve al punto giusto per non farlo sembrare solo un pezzo di corteccia sul tuo fianco, mi capisci?"

Lei sorrise. "Mi fido di te, Sloane."

Lui la guardò e lei gli vide qualcosa negli occhi, qualcosa che non riusciva a decifrare. "È un onore per me, Hailey. Davvero un onore, cazzo."

"Non credo che potrei fidarmi di qualcun altro per questo lavoro." Hailey non aveva intenzione di dirgli una cosa del genere, anche se in passato aveva affermato qualcosa di simile. Si sentiva molto esposta, molto aperta. Si fidava di lui per il tatuaggio, ma per qualche motivo aveva paura di affidargli completamente il suo cuore.

Tuttavia era troppo tardi per tirarsi indietro.

Gli aveva già donato il cuore.

Poteva solo pregare che lui non lo spezzasse.

"Sono abbastanza egoista da non volere che lo faccia qualcun altro," disse Sloane con la voce bassa e burbera. Poi si schiarì la gola, spezzando la tensione del momento. Lei non lo biasimava. Era tutto serio, eppure, se non si fosse ricordata di respirare, se ne sarebbe dimenticata.

"Facciamo lo schizzo del tuo corpo," le disse Sloane, dopo un momento di silenzio quasi imbarazzante. La aiutò ad alzarsi dalle sue ginocchia, poi preparò un foglio mentre lei si toglieva la maglia e il reggiseno. Hailey si sentiva nuda, esposta. Era stata molto più nuda di così davanti a lui, ma per qualche motivo il modo in cui Sloane aveva tracciato più volte le linee del suo corpo le ricordava l'ospedale. Forse era l'approccio clinico che lui aveva al tatuaggio. Anche se lo apprezzava, rivoleva indietro il suo Sloane.

Lui si fermò con espressione accigliata. "Sto facendo un casino."

Lei scosse la testa, gli occhi ormai senza lacrime. Hailey si stava tenendo dentro tutte le emozioni, per evitare di mettersi a piangere. Nessuna emozione. Solo un dolore crudo, che non sarebbe mai andato via.

"Ma no, non è vero."

Lui sospirò e abbandonò carta e matita sul tavolo, per poi prenderla tra le braccia. Il petto nudo di lei premette contro quello vestito di lui, Hailey sprofondò nelle sue braccia.

"Volevo mantenere un atteggiamento professionale ed evitare di spaventarti, eppure non ho pensato al *motivo* per cui volevi che fossi io a tatuarti."

"Volevo che fossi tu a fare il mio tatuaggio perché mi fido di te."

"Sì, ti fidi perché sai che capisco quello che vuoi e faccio quello che desideri, ma non ho fatto quello di cui hai *bisogno*. Hai bisogno che io sia un misto tra artista e fidanzato. E invece io ho rovinato tutto."

Lei alzò le spalle. "Non sapevo che fosse quello di cui avevo bisogno."

"Beh, non farò lo stesso errore." Sloane borbottò qualcos'altro sottovoce, ma lei non riuscì a decifrarlo. "Finiamo questa cosa; voglio che tu stia in piedi tra le mie gambe mentre faccio la bozza. Se dovessi sentirti intimorita, basta che mi tocchi." Sloane si passò la lingua sulle labbra. "Oppure potresti toccarmi comunque." Poi si appoggiò allo schienale e si tolse la camicia; Hailey quasi non riuscì a sopportare l'eccitazione alla vista della sua pelle abbronzata, dei tatuaggi e delle cicatrici.

Gli mise le mani sul petto. "Questo rovinerà l'angolo di visione?"

Lui scosse il capo. "Nossignora. Se ho bisogno che tu ti muova in un certo modo, te lo chiederò."

La baciò dolcemente poi si mise al lavoro, ma con un atteggiamento per niente clinico. Quell'atmosfera aiutò Hailey a rilassare il corpo e a mantenere la mente concentrata su di lui, piuttosto che sulla stranezza di farsi ricalcare le curve per un tatuaggio che avrebbe richiesto più sessioni e sarebbe stato doloroso da morire. Ma lei era sopravvissuta al peggior dolore della sua vita, avrebbe superato anche quello del tatuaggio.

Quando Sloane ebbe finito, le mise di nuovo le mani sul sedere e l'avvicinò a sé, le sfiorò le labbra con le sue, e lei sospirò al sentire il sapore della bocca di lui. Era un mix del caffè che avevano condiviso prima e di quel sapore unico che apparteneva solo a Sloane.

Il bacio iniziò lento e dolce, esattamente ciò di cui lei aveva bisogno in quel momento. Poi Hailey emise un suono in fondo alla gola che sembrava sempre eccitare Sloane al massimo, e lui ringhiò di rimando.

Perfetto.

Le mani di Sloane si strinsero sul sedere di Hailey e il bacio si fece più profondo, mentre lui prendeva il controllo con la lingua su quella di lei. A lei non dispiaceva che fosse lui a stabilire il ritmo, non quando il risultato era averlo dentro di sé e piantargli le unghie nella schiena.

Quando lui la spinse leggermente indietro pur rimanendo di fronte a lei, Hailey gli fece scorrere le mani lungo il petto e le agganciò ai passanti della cintura.

"Voglio baciarti dappertutto, Hails. Pensi di poter stare in piedi mentre lo faccio?"

Lei scosse il capo. "No. L'ultima volta che hai messo una delle mie gambe sulla tua spalla e la bocca sulla mia passera, le mie ginocchia hanno ceduto. Ricordi?" In realtà le cedevano le ginocchia anche solo al pensiero.

Sloane si passò una mano sulla barba. "Hai ragione. Va bene. Ho un'idea." In un attimo la sollevò in braccio, facendola squittire, e si trasferì in cucina dove la fece sedere sull'isola al centro della stanza. Non era una cucina molto grande, ma era abbastanza per ospitare un'isola centrale. A malapena.

Il sedere di Hailey era proprio su quell'isola.

Non male.

"È qui che cucini?" gli chiese, piegando la testa di lato così da offrire il collo ai piccoli morsi di Sloane.

"In realtà qua sopra non c'è mai stato del cibo. Non cucino molto spesso. Ora smettila di pensare e lasciati amare."

Lei chiuse forte gli occhi a quelle parole, ma lasciò che lui la baciasse e poi che le togliesse i pantaloni. Hailey si appoggiò all'indietro sulle braccia, mentre lui le si inginocchiava davanti e si metteva le gambe di lei sopra le spalle. Al primo tocco della lingua sulla passera, lei lasciò cadere la testa all'indietro e mormorò il nome di Sloane.

Lui la divorò, letteralmente. Non c'era un'altra parola per definirlo. La sensazione della barba che le graffiava l'interno delle cosce la faceva bagnare ancora di più, qualcosa che non aveva creduto possibile, prima di fare l'amore con Sloane. Lui le mormorò qualcosa contro il clitoride e la fece venire, con le gambe che tremavano, di nuovo gridando il nome di Sloane.

"Sloane. Ho bisogno di averti dentro di me."

Hailey alzò lo sguardo e vide che lui si era già tolto i pantaloni e aveva il preservativo sul pene. Senza dire una parola, Sloane le afferrò i fianchi e la trascinò fino al bordo dell'isola. Lei tirò su la schiena per mettergli le mani sulle spalle, mentre lui affondava dentro di lei. Aveva l'uccello così dannatamente grande che Hailey sentì il proprio corpo adattarsi alla lunghezza, ma era uno sforzo di quelli belli, del tipo che regalava orgasmi e fottuti arcobaleni e unicorni.

Quando lui iniziò a muoversi, lei lasciò ricadere la testa all'indietro ancora una volta. Non riusciva quasi a respirare, non quando il cuore le batteva all'impazzata e aveva il corpo caldo, formicolante e in fiamme al tempo stesso. Sloane le mise una mano sulla schiena e lei lo guardò.

"Voglio un'angolazione migliore," le ringhiò. "Non riesco a sentirti tutta. Voglio che tu possa muoverti con me."

Con quelle parole, Sloane si tirò fuori e la portò in salotto, sorreggendola con una mano, mentre con l'altra continuava a scoparla. Lei si aggrappò forte al suo corpo, estasiata. Quando lui si sedette sul divano e la mise su di sé, lei si lasciò scivolare proprio sul suo membro ed entrambi rimasero immobili. Da quella angolazione, lui era profondamente dentro di lei. *Molto profondamente.* Hailey dovette concentrarsi a respirare per poterlo prendere tutto.

"Stai bene, Hails? Ti va bene così?" Sloane aveva la voce bassa, gli occhi ottenebrati dal desiderio.

"Sì," ansimò Hailey, mentre iniziava a dondolare i fianchi. "Più che bene. Scopami, Sloane."

"Allora muoviti, tesoro. *Muoviti*." Le afferrò i fianchi e la sollevò, prima di sbatterla di nuovo giù sull'uccello. Lei gli affondò le unghie nelle spalle e lo cavalcò, i loro corpi sudati e scivolosi, la passera che stringeva sempre di più mentre Hailey si avvicinava all'orgasmo.

"Vieni per me, Hails. Vieni sul mio cazzo."

Lei lo guardò negli occhi e venne, mentre la voce roca di Sloane vibrava profondamente dentro di lei. Lui premette la bocca contro quella di lei mentre veniva a sua volta, rilasciando il seme caldo dentro il preservativo. Il corpo di Hailey tremava, ma lei continuò a muoversi, rifiutandosi di porre fine a quel momento, a qualsiasi momento con lui.

Perché anche se aveva appena avuto un'altra sessione del miglior sesso della sua vita, sentiva ancora che c'era qualcosa che non andava. C'era qualcosa che non andava con il suo Sloane.

Se non avesse capito in fretta cosa fosse quel qualcosa, temeva che Sloane non sarebbe stato *suo* ancora per molto.

Capitolo sette

Sloane si trovava nell'ufficio della Montgomery Ink e stava cercando di capire la prossima mossa da fare. Gli doleva la schiena, era rimasto chinato per troppo tempo sul tatuaggio dell'ultimo cliente, inoltre non era riuscito a dormire molto la notte precedente.

Aveva evitato che Hailey passasse la notte da lui, assicurandosi di portarla fuori a cena e poi accompagnarla a casa sua. Ma sapeva che lei aveva capito che non si sarebbe svegliata tra le sue braccia. Non si era mai svegliato abbracciato ad Hailey.

C'era qualcosa che non andava in lui e Sloane lo sapeva. Doveva parlare con qualcuno, perché non farlo avrebbe solo peggiorato le cose, soprattutto per Hailey.

Non c'era molto che potesse fare sull'opinione che aveva di se stesso, a quel punto. Non appena avesse finito il tatuaggio di Hailey, avrebbe trovato un modo per lasciarla, un modo che non la ferisse. Una volta che lei avesse saputo come era arrivato lì, come era finito alla Montgomery Ink, avrebbe capito. Non era giusto continuare a frequentarla, continuare a tenerla tra le braccia. Si era già ripromesso di non fare più sesso con lei, anche se il suo corpo moriva dalla voglia di farlo. Sarebbe stato un comportamento da stronzo continuare così con lei, sapendo già che non sarebbe durata. Sloane sapeva che alla fine dei giochi sarebbe stato meglio per Hailey non ritrovarsi con un uomo come lui, ma questa consapevolezza non rendeva le cose più facili.

"Sloane?" Callie gli si avvicinò, tenendo una mano sul pancione appena visibile. "Fuori c'è un uomo che chiede di te." Poi si morse il labbro. "Non credo abbia intenzione di entrare, ma ero fuori a prendere una boccata d'aria e l'ho visto."

Sloane drizzò le antenne. "Chi era? Tu stai bene? È una buona idea uscire da sola nelle tue condizioni? "

Callie scosse la testa, mentre un sorriso le increspava le labbra. "Mi sembri Morgan. Non ci sono rischi a stare fuori alla luce del giorno. Te lo giuro. Ma non so come si chiami quel tizio. Ha solo detto che voleva parlare con te." Callie fece un respiro profondo. "Però indossa un'uniforme, Sloane, vecchia e sporca. Sembra anche esausto, ma non lo so descrivere esattamente. Potrebbe essere solo un senzatetto stanco, ma mi è sembrato qualcosa di diverso."

Sloane si bloccò a quella descrizione, poi imprecò. "Non uscire, Callie. Resta qui con Austin e Maya. Va bene?"

Lei lo guardò corrucciata. "Chi è, Sloane? Perché sei così preoccupato?"

Lui abbassò la testa e le baciò la tempia. "Resta qui al sicuro, Callie. Andrò fuori e vedrò di cosa si tratta. Se è un tossicodipendente, però, non ti voglio vicino a lui." Non voleva che nemmeno Hailey si avvicinasse a quell'uomo, ma non poteva dirlo senza attirare l'attenzione sul problema. Se Callie si fosse preoccupata per lui, avrebbe chiamato Hailey e lui non sarebbe più stato in grado di nasconderle il proprio passato.

Invece doveva farlo, per mantenere intatta la purezza di Hailey.

Lasciò Callie in ufficio in preda alla confusione e si diresse verso l'entrata del negozio, consapevole che Maya e Austin lo stavano guardando. Li ignorò e uscì con indosso solo la maglia a maniche lunghe; mentre usciva afferrò la giacca di pelle dal gancio appendiabiti all'entrata del negozio.

L'uomo spaventosamente magro che si trovò di fronte fu un tuffo nel passato. Il ragazzo era di qualche anno più giovane di Sloane, ma sembrava almeno quindici anni più vecchio. Pareva che non si facesse la barba da un anno, né che si fosse tagliato i capelli. Lo ricordava con i capelli a spazzola, mentre ora gli sfioravano la parte superiore delle spalle e non erano stati lavati da fin troppo tempo.

Indossava una vecchia uniforme e una giacca logora che non sembrava essere della sua taglia. Spostava il peso da un piede all'altro, concentrando la sua attenzione sul cielo sopra di sé.

"Jason." La voce di Sloane era roca, ma ferma. Non sapeva perché quell'uomo fosse lì quel giorno, ma dannazione, gli spezzava il cuore vedere Jason in quello stato.

Se non fosse stato per un po' di fortuna e determinazione, probabilmente anche Sloane avrebbe fatto la fine di Jason, che viveva per strada in preda al dolore e alle droghe.

"Ti sei mai chiesto come ci si senta a volare?" chiese Jason, gli occhi ancora fissi sulle nuvole.

Sloane sentì lo stomaco serrarsi dalla paura, ma fece del suo meglio per mantenere un tono di voce rassicurante. "Lo facevo una volta, ma poi ho scoperto che preferisco tenere i piedi ben piantati a terra."

Jason si girò a guardarlo e Sloane quasi cedette all'emozione. Quell'uomo non era in preda alle droghe, tutto il contrario. Il suo vecchio amico, un uomo per cui avrebbe dato la vita, anzi l'uomo per cui l'aveva quasi persa sul serio, poteva sentire *tutto*. Non esistevano droghe abbastanza potenti per attenuare il dolore che Jason stava provando, o quello che Sloane stesso sentiva ogni giorno. Callie aveva visto giusto quando aveva detto che l'uomo sembrava non dormire da troppo tempo, ora Sloane sapeva che era vero. Jason aveva fatto uso di droghe in passato, ma non era mai caduto in una vera e propria dipendenza.

"I miei piedi sono ancora a terra, ma so che i loro non possono esserlo."

Sloane trattenne un'imprecazione e ingoiò la bile che sentiva salire in gola. "Anche se i loro stivaletti non marciano più, noi siamo ancora qui, Jason."

"Invece loro non ci sono più. Li sogni ancora? Sogni ancora l'incendio? Perché io sì. È per questo che non riesco a dormire, capisci. Perché se dormo, loro gridano più forte. Da sveglio li sento soltanto sussurrare, mi dicono che devo andare avanti. Mi dicono che devo restare. Non ha alcun senso, Sloane. Perché non ha alcun senso?"

Sloane gli si avvicinò per coprirgli le spalle con la propria giacca di pelle. Era abbastanza vecchia, forse Jason sarebbe riuscito a tenerla per un po', prima che qualcun altro per strada decidesse di rubargliela. Non osava dargli qualcosa di meglio, aveva paura che qualcuno pensasse che valesse la pena togliere la vita a Jason per derubarlo. Aveva già fatto quell'errore una volta e si era sentito in colpa a vedere i tagli sul labbro che Jason si era procurato nello scontro. O forse avrebbe potuto ospitare Jason, o costringerlo a lasciare la vita di strada. Ci aveva già provato, con l'unico risultato di vedere Jason andarsene via di nuovo. Il suo amico *doveva* stare dove stava e Sloane poteva aiutarlo solo fino a un certo punto.

"Non devi prendere freddo, Jason. Hai mangiato oggi? Andiamo a prendere qualcosa." Non l'avrebbe portato al Taboo, anche se era il posto più vicino. Non voleva coinvolgere Hailey in quella storia, o doverle delle spiegazioni, altrimenti lei avrebbe visto l'oscurità che Sloane celava dentro di sé e avrebbe scoperto la verità.

"Sento ancora le loro urla." Jason si mise faccia a faccia con Sloane. "Perché noi siamo sopravvissuti? Perché io mi trovavo nel veicolo dietro al vostro? Avrei dovuto essere nel vostro stesso cingolato, come al solito. Ma mi sono buttato dentro l'altro quando siamo corsi fuori da quell'edificio. Nella fretta mi sono sbagliato. Così ora loro sono morti e io sono qui, e questa cosa non ha alcun senso."

Sloane strinse i denti e posò una mano sulla spalla di Jason. "Andiamo a mangiare qualcosa, Jason."

L'altro scosse la testa. "Sto bene così."

Non era vero. Ma d'altra parte, nemmeno Sloane stava bene. "Allora lascia che ti dia dei soldi, per dopo." Tirò fuori il portafogli e prese tutte le banconote che c'erano. Non era molto, ma meglio di niente. Infilò i soldi nella tasca della giacca che aveva dato a Jason e strinse la spalla dell'uomo. "Prenditi cura di te, Jason. Per favore." Sentì le lacrime pizzicargli gli occhi e le ricacciò indietro. Non aveva nessun diritto di piangere. Non più.

"Lo faccio sempre, Sloane. È proprio questo il problema. Non ho ragione?" A quelle parole Jason si allontanò, con le mani nelle tasche della sua nuova giacca.

Sloane rimase là fuori un altro po' a guardarlo andare via e si rese conto che non aveva fatto abbastanza per lui. Non ci era mai riuscito.

"Sloane?"

Chiuse gli occhi e fece un respiro profondo, sentendo qualcosa spezzarsi dentro di sé ancora una volta. La voce di Hailey lo ridusse in mille pezzi, ma sapeva di non potersi mostrare così a lei. Non poteva. Lei avrebbe capito tutto. Quanto aveva ascoltato della conversazione con Jason? Come avrebbe reagito?

"Torna dentro, Hailey."

La sentì fare un passo verso di lui, ma continuò a guardare il punto all'orizzonte dove Jason era scomparso.

"No. Non torno dentro. Stai prendendo freddo qua fuori."

"Vale anche per te. Quindi vai dentro."

"Sloane." Così tanta profondità, così tanta emozione quando pronunciava il suo nome.

Sloane sapeva di non essere all'altezza di Hailey. Era troppo sporco. Troppo impuro. Aveva lasciato morire gli altri. Non aveva fatto abbastanza. La loro morte gli era scivolata sottopelle come se avesse rapito anche lui. Non era quello di cui Hailey aveva bisogno, nonostante lui l'amasse. Era troppo brusco, sempre con i nervi a fior di pelle. Sempre dominato dal senso di colpa e dagli sbagli del passato.

Lei non l'avrebbe lasciato, a meno che lui non l'avesse costretta. Se non le avesse fatto pressione, avrebbe finito per ferirla ancora di più in futuro. Doveva rompere con lei quel giorno stesso.

"È finita, Hailey. Non posso andare avanti. Abbiamo avuto il nostro momento e ci siamo divertiti, ma ora basta. Siamo troppo diversi."

"Guardami in faccia quando lo dici. Guardami negli occhi quando provi a lasciarmi senza darmi una vera ragione."

Allora Sloane si voltò per fronteggiarla. Erano in mezzo al marciapiede, sebbene fosse troppo freddo per stare fuori. Gli altri erano tutti alle finestre del negozio e li osservavano, ma lui sapeva di dover andare fino in fondo. Doveva proteggerla da se stesso.

"Avevamo qualcosa di bello, ma non sono fatto per le relazioni a lungo termine. Tu meriti molto di più di quello che ti posso dare io. Quindi finisce qua."

Hailey gli diede una spinta e gli ringhiò contro.

"Smettila. Smettila di comportarti così. Tu non sei così."

"Invece sono proprio così, Hailey." Le afferrò i polsi e la spinse via. "Non valgo niente. Non lo capisci? Non mi conosci per niente e forse è colpa mia, ma cazzo, è tutta colpa mia. Quindi vattene e basta."

"Sei tu che te ne stai andando. Non io."

"Allora lasciami andare via."

Con quelle parole, Sloane si girò e si diresse al vicolo che portava al parcheggio. Aveva con sé il portafogli e le chiavi e non aveva bisogno di prendere nient'altro dal negozio. Aveva appena spezzato il cuore all'unica donna che aveva promesso di non ferire mai, ma non aveva scelta. Se fosse rimasto, lei sarebbe stata segnata per sempre.

Sloane aveva già deluso le persone a cui teneva, in passato, li aveva lasciati bruciare e morire tra grida atroci.

Non poteva fare lo stesso con lei.

HAILEY LO GUARDÒ ALLONTANARSI e si chiese cosa diavolo fosse appena successo. Come poteva farle una cosa del genere? Come poteva lasciarla in mezzo alla strada, come se niente fosse?

In realtà Hailey sapeva che prima o poi lui avrebbe fatto qualcosa del genere, se lo sentiva, ma non aveva idea che le avrebbe fatto così male. Non avrebbe dovuto ferirla così tanto. Giusto? Si massaggiò lo sterno e cercò di arginare le lacrime. Non voleva piangere. Se l'avesse fatto, allora quella sarebbe stata davvero la fine, avrebbe significato che lei l'aveva lasciato andar via senza fare nulla.

Per un momento, un momento angosciante, pensò di avere persino colpa, se lui se ne andava. Forse era per le cicatrici sul seno, forse per quello che Sloane aveva visto quando le aveva disegnato il corpo. Ma poi si diede uno scappellotto mentale e scacciò quei pensieri.

Sloane non le aveva mentito dicendole quanto lei gli piaceva. Non poteva aver finto una sensazione come quella. Dannazione, lei aveva impiegato anni per imparare ad amare se stessa così com'era, dopo tutto quello che aveva superato. Al diavolo, non si sarebbe lasciata portar via tutto in quel modo.

Lui se n'era andato a causa di qualcosa che aveva dentro di sé, qualcosa da cui non era riuscito a scappare, qualcosa che non era stato capace di seppellire abbastanza in profondità. Hailey sapeva che anche lui aveva segreti sepolti da troppo tempo, sapeva che le aveva nascosto chi era, ma credeva che avrebbero avuto più tempo insieme per affrontare il tutto.

Questo Jason era stato il catalizzatore che aveva spinto Sloane a tagliare ogni legame con lei. Hailey non sapeva esattamente cosa fosse successo, ma l'avrebbe capito... se ne avesse avuto l'opportunità.

Da quello che sapeva, Sloane si considerava un uomo non adatto a lei. L'aveva messa su un maledetto piedistallo e si era gettato nelle profondità dell'inferno.

Al contrario, lei vedeva un uomo degno di essere amato, un uomo che aveva combattuto e ne era uscito vivo. Sloane aveva messo tutto l'impegno possibile per costruirsi una vita e un'identità, anche se aveva cercato fermamente di tenere sepolto il proprio passato. Eppure era un uomo che non credeva in se stesso.

"Devi rientrare," le disse Maya da dietro di lei. "Fa fottutamente freddo qui, e guardarlo andarsene non servirà a niente."

Hailey si girò sui talloni e si avvolse le braccia intorno al corpo. "Se n'è andato," sussurrò, con la voce leggermente incrinata. "Come ha potuto semplicemente andarsene così?"

Maya tenne le braccia aperte e Hailey si avvicinò a lei, ma non abbastanza da farsi abbracciare.

"Se mi abbracci adesso, piangerò. Fai la stronza come solo tu sai fare, arrabbiati con me."

Maya fece una smorfia e tirò il braccio di Hailey per trascinarla nel negozio. "Farò la stronza tra un minuto. Adesso fammi controllare che tu non sia congelata o qualcosa del genere."

Callie aveva una tazza in mano e un'espressione accigliata sul viso. "Ti ho preparato la cioccolata calda, ma non è buona come quella che fai tu. Non riesco mai a grattugiare bene il cioccolato sulla tazza."

Hailey sorrise suo malgrado e prese la tazza dalle mani di Callie. "Sono sicura che è deliziosa. Grazie, Callie." Hailey ne bevve un sorso e sospirò. "Troppo zuccherata," borbottò. Increspò le labbra. "Quante persone hanno assistito alla scena?"

Austin le strinse le spalle e la costrinse a sedersi sulla sedia di fronte. Si accovacciò di fronte a lei e la guardò con occhi pieni di saggezza. "Non così tanti." Aveva una voce profonda, le ricordava quella di Sloane.

Ma non avrebbe pianto.

Non in quel momento.

Forse mai più.

Se avesse pianto, sarebbe crollata e avrebbe dato prova di essersi arresa. Ma non poteva farlo. Non ancora.

"Però adesso basta," sussurrò Hailey.

Autumn si strinse tra Austin e la reception, con gli occhi umidi. "Fuori non c'era nessuno, fa troppo freddo, nessuno al Taboo sarebbe stato in grado di vedere niente, da quell'angolazione. Quindi eravamo solo noi del negozio a vedervi. I due clienti erano sulle sedie, quindi non potevano vedervi neanche loro. Ora sono al Taboo per fare una pausa ristoro, ne avevano bisogno."

"Eravamo solo noi, Hailey," disse Callie a bassa voce. "E noi siamo dalla tua parte."

Hailey bevve un altro sorso della cioccolata calda che Callie doveva aver preparato al Taboo. Normalmente Hailey non avrebbe permesso a quelli della Montgomery Ink di lavorare dietro il bancone, ma in quel momento era troppo esausta per preoccuparsene.

"È uno stronzo, Hailey," disse Maya. "È stato uno stronzo ad andarsene così, ma è il *nostro* stronzo. Pensaci su, okay? Avrà avuto un motivo valido per comportarsi così."

Hailey bevve un altro sorso. "So bene che se n'è andato per qualche ragione. So che mi ha respinto per lo stesso motivo. Un motivo che ha tenuto ben nascosto sotto al giubbotto per tutti questi anni, è difficile per me creare una breccia. So che non dovrei aspettarmi da lui che mi dica subito i suoi segreti, solo perché io gli ho rivelato i miei, ma quando lo farà? Forse avrei dovuto insistere."

Austin sospirò, poi le strinse il ginocchio. "Beh, forse avresti dovuto. Forse *tutti noi* avremmo dovuto. Cazzo. Conosco Sloane da più tempo di te e ancora non so niente del suo passato. Non so per quale motivo a volte si prenda una o due settimane di pausa, per stare da solo. Ho provato a chiederglielo una volta, e mi ha zittito. Ho *lasciato* che mi zittisse. Però gli amici non si comportano così di merda. Quindi non sei la sola in questa situazione, Hailey."

Ma lei si sentiva proprio così, sola. Era più forte di lei. Sloane non aveva respinto gli altri come aveva fatto con lei. Lei lo *amava*, eppure il suo amore non era abbastanza per scacciare quell'oscurità. Se poi quello fosse davvero compito suo, era tutta un'altra storia. In effetti, non era lei a dover scacciare i demoni di Sloane, ma per far funzionare le cose, doveva almeno *conoscerli*. Era quella la differenza.

Finalmente risoluta, fece un respiro profondo.

"Non ho intenzione di lasciarlo andar via così facilmente," disse semplicemente. "Non sono quel tipo di persona. Anche se non ci frequentassimo, saremmo comunque amici. Io... non riesco a vederlo soffrire così, devo fare qualcosa."

"Siamo qui, se hai bisogno di noi," le disse dolcemente Autumn.

"Se hai bisogno che te lo teniamo fermo per poterlo picchiare, possiamo fare anche quello," aggiunse Maya, riuscendo a far spuntare un sorriso sul volto di Hailey.

"Potrei prenderti in parola."

"Assicurati di farlo strisciare ai tuoi piedi, però," disse Maya con un sorriso triste. "Voglio dire, dopo che avrete parlato e sarete di nuovo sulla strada giusta, fallo strisciare come un verme. Perché ti ha fatto del male. Anche se aveva una ragione per farlo, ma ti ha ferita e non va bene."

Hailey strinse le labbra e annuì, le lacrime ancora una volta minacciarono di cadere. "Puoi contarci," sussurrò.

Sloane era *suo*, cascasse il mondo, non avrebbe lasciato che qualcuno glielo portasse via.

Anche se quel qualcuno era Sloane stesso.

Capitolo otto

SLOANE MORIVA DALLA VOGLIA DI BERE UN FOTTUTO drink, ma non aveva intenzione di usare l'alcol per tirare avanti. Aveva fatto del suo meglio per non bere, quando era tornato a casa dal deserto, si rifiutava di cedere in quel momento. Ma era tentato. Molto tentato, cazzo.

Sapeva dall'inizio che avrebbe fatto un male cane, quando avesse finalmente lasciato Hailey, ma non aveva idea che sarebbe stato così devastante. Era successo solo il giorno prima e da allora ogni minuto era passato con una lentezza angosciante.

Si sentiva un fottuto idiota, ma a quel punto non poteva più farci nulla. Pregava solo che alla fine Hailey stesse bene, e diavolo, sperava anche di non

aver perso il lavoro alla Montgomery Ink per esser-
sene andato in quel modo.

Vedere Jason in quello stato lo aveva sconvolto.
Aveva sanguinato insieme a quell'uomo, era quasi
morto con lui. Eppure, che diritto aveva Sloane di
essere più felice di lui? Scelte diverse lo avevano
portato dove si trovava, ma questo significava anche
che si meritava il risultato di quelle scelte?

Hailey era troppo preziosa per stare con lui. Era
sopravvissuta ed era felice. Invece lui se la cavava a
malapena, anche quella era una grossa differenza.
Se lei fosse rimasta con lui, avrebbe scoperto la
verità.

Ovvero che le mani di Sloane erano macchiate
del sangue dei suoi uomini, che lui aveva ucciso nel
tentativo di proteggerli, ma non aveva fatto un buon
lavoro. Era stato costretto a uccidere per salvare se
stesso e i suoi compagni, ma come poteva vivere
con un peso simile? Non era riuscito a salvare gli
altri, e nonostante ciò era sopravvissuto.

Non avrebbe messo fine alla propria vita, non
era quel tipo di uomo, ma non poteva neanche
trascinare qualcun altro nel suo inferno privato.

Hailey meritava di meglio. Qualcuno migliore
di lui.

I colpi alla porta lo colsero di sorpresa, ma in

realtà avrebbe dovuto aspettarselo. Probabilmente era Austin, venuto a prenderlo a calci in culo per aver abbandonato non solo Hailey, ma anche il posto di lavoro. Quell'uomo era grande abbastanza da avere la meglio su Sloane, il che era tutto dire.

Senza preoccuparsi di guardare dallo spioncino, aprì la porta e si bloccò.

"Hailey," riuscì a dire, con un ringhio incerto.

Hailey aveva le braccia incrociate sul petto e lo sguardo furioso. Era sexy da morire, ma anche più incazzata.

"Se provi a chiudermi la porta in faccia, continuerò a bussare finché non aprirai di nuovo, quindi è meglio che tu mi faccia entrare."

Preso alla sprovvista e vagamente eccitato, Sloane si tirò da un lato per far passare quella furia di donna. Ed era davvero infuriata. Hailey emise un piccolo ringhio e si girò sui talloni.

"Allora? Chiudi la porta, Sloane. Dobbiamo parlare."

Lui le aveva detto tutto quello che aveva da dirle davanti alla Montgomery Ink. Se le avesse parlato di nuovo, non era sicuro di cosa sarebbe venuto fuori.

"Ti ho già detto quello che dovevo dirti."

"Beh, vaffanculo, Sloane Gordon. Adesso devi

lasciar parlare *me*. E quando avrò finito, sarà meglio che tu sia pronto a parlare o ti prenderò a calci in culo."

Sloane spalancò gli occhi, ma non disse niente. Non l'aveva mai vista così, ma dannazione quanto gli piaceva. Aveva già imparato ad amare la passione di Hailey, ma diavolo, a quel livello era qualcosa di eccezionale.

Finalmente lui chiuse la porta e lei sollevò il mento. Prima che lui potesse fare un passo verso di lei, o allontanarsi da lei, dato che non sapeva bene come comportarsi, lei si tolse la maglietta in modo che lui potesse vederle le cicatrici. Sloane si bloccò, incapace di parlare e perfino di pensare. Il viso di Hailey esprimeva rabbia, ma il suo atteggiamento era determinato.

"Vedi? Questa sono io, tutta intera. Non vado da nessuna parte. Pensi che io sia meno donna per quello che mi è successo? Pensi che sia un essere umano di serie B? Perché di sicuro io non penso che tu sia meno uomo perché soffri di stress post-traumatico, o perché hai le cicatrici, o perché hai attraversato l'inferno. Devi confidarti con me, hai capito? Devi dirmi cosa ti passa per la testa, perché io ci sarò sempre per te. Ero tua amica anche prima di tutto questo e non ti abbandonerò proprio ora."

Sloane aprì la bocca per parlare, ma non riuscì a trovare le parole.

"Non so cosa ti è successo in guerra, perché ti rifiuti di dirmelo. Se non vuoi addentrarti nei dettagli per ora, lo capisco. Ma devi parlarne, Sloane. Tenerti tutto dentro evidentemente non ti sta aiutando. Ti amo, Sloane, e vedo che stai soffrendo. Odio vederti così, ma non c'è niente che io possa fare per aiutarti, se continui a nascondere tutto. Quindi eccomi, sto qui a petto nudo di fronte a te, per mostrarti ogni centimetro del mio dolore, del mio passato. Non ho più intenzione di nascondermi. Ti prego, non nasconderti da me."

Sloane si sentì pervadere dalla vergogna e fece un passo avanti. Non la toccò, non poteva, se voleva restare lucido, ma si lasciò sfuggire un respiro tremante.

Non gli era sfuggito il fatto che lei gli avesse detto che lo amava. Ma poteva amarlo davvero, senza conoscere la verità? Le passò accanto, diretto al divano, e udì il suono inconfondibile di un singhiozzo. Cazzo. Stava rovinando tutto.

Quando tirò via la coperta dal divano e gliela avvolse intorno alle spalle, lei lo guardò accigliata. "Non voglio che tu prenda freddo."

"Non sento quasi niente ormai, Sloane."

Lui chiuse gli occhi e fece un respiro profondo. Hailey era lì, in attesa. Se Sloane non si fosse aperto, lei se ne sarebbe andata per sempre e lui avrebbe dovuto convivere con la colpa di averla ferita e spaventata. Tuttavia, una volta che le avesse detto tutto, lei avrebbe potuto decidere di andarsene comunque.

Ma in che modo l'avrebbe ferita di meno?

"Sono un assassino, Hailey." Sloane si schiarì la voce. "Ho ferito e ucciso. Ho visto la vita abbandonare gli occhi di altri uomini, solo perché qualcuno me l'aveva ordinato. Perché se non lo avessi fatto, loro avrebbero ucciso i miei uomini o me. Non volevo, non ho mai voluto, ma l'ho fatto lo stesso."

Lei serrò le labbra. "L'avevo immaginato, Sloane. Ma questo non cambia cosa penso di te."

"E invece dovrebbe, maledizione." Sloane camminava avanti e indietro, passandosi una mano sulla testa. Sentiva la ricrescita dei capelli graffiargli il palmo, doveva rasarsi di nuovo. Ma in quel momento non importava. L'unica cosa importante era che Hailey capisse quello che stava cercando di dirle, che capisse *perché* aveva dovuto lasciarla in quel modo per strada.

"Sono sporco, Hailey. Le mie mani sono macchiate di un sangue che non potrò mai lavare via. Non importa quante volte l'abbia ripetuto agli strizzacervelli, non mi hanno mai capito. Gli unici che riescono a capirmi sono gli uomini che erano lì con me." Smise di camminare e la guardò negli occhi. "Ma in realtà, di tutti gli uomini che erano lì con me, l'unico che è tornato vivo è Jason. Hai visto come sta. Io dovrei stare esattamente come lui."

"Non dire così. Sai che non meriti di ridurti come un'ombra."

Sloane scosse la testa e alzò la voce. "E invece me lo merito, cazzo. Ho perso *tutti* tranne Jason laggiù, ma che cazzo dico, ho perso anche Jason. Non è tornato davvero neanche lui, nessuno è tornato davvero, ma per qualche motivo solo io mi sono ritrovato con molto di più di quello che meriterei. Come posso accettarlo? Quella bomba sul ciglio della strada ha spazzato via la mia intera unità. I miei uomini sono bruciati fino alle ossa, cazzo, io sono stato costretto a vederlo, a sentirlo. Anch'io sono quasi morto dissanguato e ustionato, ma poi mi sono salvato. Adesso devo vivere in questo mondo, ogni dannato giorno, sapendo di non meritarmelo. Non importa quello che faccio, non sarò mai all'altezza. Non ho fatto nulla per guadagnarmi la mia vita. Neanche Jason è morto quel giorno, ma ha perso molto più di me su quel campo di battaglia."

"Sloane." Le lacrime le scorrevano lungo le guance, ma Sloane non le asciugò come avrebbe fatto normalmente. Se lo avesse fatto, sarebbe crollato, già si sentiva distrutto così com'era.

"È vero, ho la sindrome da stress post-traumatico. Una cosa che non guarisce grazie all'amore di una brava donna, o grazie alla capacità di guardarmi *dentro*. Non se ne andrà mai, Hailey. Anche se sembro perfettamente normale quasi tutti i giorni, a volte vado fuori di testa senza preavviso. A volte ho ancora degli incubi e sto malissimo. Come posso chiederti di accettare tutto questo? Come puoi sopportare di essere la mia donna, sapendo che non ci sto con la testa? Io sono tornato a casa, ma gli altri no. I miei amici hanno dovuto morire, così che io potessi stare qui ora, davanti a te. Grazie a quelli che non ce l'hanno fatta, grazie alla loro morte, io sono sopravvissuto. Mi hanno salvato la vita, eppure le loro famiglie non sapranno mai quanto i loro ragazzi significassero per me."

Hailey soffocò un singhiozzo. "Neanch'io sono normale, Sloane. E di sicuro non sono tutta intera. Hai detto tu stesso che io sono molto più delle mie cicatrici, allora non pensi di esserlo anche tu? Le cicatrici non sono solo quelle sulla nostra pelle, non sono solo quelle che vediamo quando ci guardiamo allo specchio. *So* di averne anche dentro, nel mio cuore, nella mia anima. *So* che ne hai anche tu e mi sta bene. Amo l'uomo che è qui davanti a me, con le cicatrici e tutto il resto. Non puoi imparare ad amarlo anche tu?"

"Ti contaminerò," sussurrò lui.

"Non succederà, Sloane. Amami e basta. L'amore è abbastanza per iniziare a stare insieme. Possiamo parlare con qualcuno, se ne avremo bisogno, ma l'amore *è* abbastanza. Non guarisce tutte le ferite e non cancella il passato. Non fa sparire le nostre cicatrici e non spazza via il dolore, ma *aiuta* a rendere tutto più sopportabile. So che con te starò bene, so di essere amata, anche se non me l'hai mai detto."

Lui sospirò, poi fece un passo verso di lei. Hailey gli mise una mano sulla guancia, tenendo la coperta con l'altra, anche Sloane le prese il viso tra le mani. Quando lei si asciugò le lacrime che lui non aveva notato fino a quel momento, Sloane chiuse gli occhi.

"Ti amo, Hailey. Amo tutto di te, ogni tuo respiro, ogni grammo della tua anima. Ma non sono degno di te."

"Sei uno stupido, ma anch'io ti amo, Sloane. Non sei tu a dover decidere se sei degno di me, non è così che funziona l'amore. Non puoi allontanarti da me, lasciarmi a sanguinare in agonia perché hai paura di farmi del male. Mi hai *ferita* comunque, nel tuo tentativo di proteggermi, ma non ti permetterò di farlo di nuovo. Hai capito? Se vuoi lasciarmi, allora fallo senza raccontarmi cazzate, dimmi solo che non mi ami e che non mi vuoi."

Sloane aprì gli occhi e imprecò. "Ti amo, Hailey. Te l'ho appena detto, cazzo. Certo che ti voglio. Non riesco a respirare da quanto ti voglio."

"Allora devi credere che sia abbastanza. Possiamo fare qualsiasi cosa insieme, Sloane. Ma dobbiamo stare insieme, insistere. Tu sei un brav'uomo, Sloane Gordon, ti ho visto là fuori con Jason. Ti ho visto cercare di aiutarlo, anche se sapevi di non poter fare molto per lui. Non diventare come lui, Sloane, aiutalo senza lasciare che il suo dolore ti porti via quello che hai. Non perderti nelle ombre, solo perché pensi di meritartelo. Lascia entrare la luce, lo *devi* a coloro che hai perso. Mostragli che la loro morte è servita a qualcosa. Mostra al mondo che ce l'hai fatta e che vivi per loro, non nonostante loro."

Gesù, quanto amava quella donna. Hailey

sapeva leggergli nel cuore, eppure lui l'aveva quasi persa a causa delle proprie paure.

"Ti amo, Hails. Ti ho respinta prima ancora di averti, poi l'ho fatto di nuovo perché ero spaventato."

"Non farlo più," gli sussurrò lei, mentre le lacrime le scendevano copiose lungo le guance. Lui gliele asciugò con i pollici.

"Ho incasinato tutto."

"Sì, proprio così," disse lei sinceramente.

Lui sbuffò.

"Non farlo di nuovo. Non puoi respingermi solo perché hai paura."

Allora lui la baciò dolcemente, mettendo in quel bacio tutta l'emozione che aveva dentro. Lei lo baciò a sua volta, facendolo innamorare ancora di più.

Sloane si allontanò e le fece scorrere un dito lungo il fianco e sotto il seno. "Neanche tu puoi nasconderti da me. So che non l'hai fatto finora, ma... "

"Ma potrei farlo in futuro, perché fa paura. Lo so." Lei gli baciò il petto. "Prometto di essere sempre sincera."

"Non ti lascerò mai più," promise lui dolcemente.

"Voglio crederti," sussurrò Hailey. "Allora dimostramelo, Sloane, tutti i giorni. Dimostrami che mi ami."

"Resta con me. Abbiamo sepolto tutto il resto nel passato, ma ora io sono qui, con tutto me stesso. E anche tu, Hailey. Ci siamo messi a nudo, capisci che intendo? Ora sei mia. Ho fatto un casino, ma non accadrà di nuovo. Ti farò mia in ogni modo possibile e non ti lascerò più andare."

Lei sorrise dolcemente e annuì. "Abbiamo sprecato troppi anni a causa delle nostre paure. Non voglio perdere altro tempo."

Allora lui la baciò, ma più profondamente. "Ti amo, Hails."

"Ti amo anch'io. A proposito, buon San Valentino."

Lui si accigliò pensando a che giorno fosse, poi fece una risatina roca. "Buon san Valentino, tesoro."

Hailey lasciò cadere la coperta e lui emise un gemito. Prima di allora non si era mai permesso di guardarla apertamente, ma in quel momento la abbracciò tutta con lo sguardo. Quando lei si leccò le labbra, lui sentì l'urgenza di possederla subito.

Le premette le labbra sulla bocca, mentre lei cercava di togliergli la maglia. Un attimo dopo erano completamente nudi, i corpi uniti come una cosa sola, le mani che esploravano senza sosta la pelle l'uno dell'altra. Lui tirò fuori un preservativo dalla tasca dei pantaloni sul pavimento e lasciò che fosse lei a metterglielo. Quel contatto quasi lo fece venire, ma si trattenne. A malapena. La spinse contro la porta d'ingresso e le afferrò le cosce.

"È dal primo appuntamento che voglio scoparti forte contro una porta," ringhiò.

Lei gli morse il labbro e aprì il proprio corpo per lui. Quando Sloane scivolò dentro di lei con estrema lentezza, gemettero entrambi.

"È ancora una scopata, ora che ci amiamo? O stiamo facendo l'amore?" Hailey gli affondò le unghie nella spalla e lui pompò lentamente dentro e fuori di lei.

"Credo che sia fare l'amore quando è lento." Poi accelerò il ritmo. "Invece quando va veloce," disse affondandole dentro, "quando ti fotto così, allora è scopare, fare l'amore e tutto il resto."

Lei si morse il labbro e lo cavalcò perfino mentre lui la scopava contro la porta, mentre i corpi si facevano sempre più sudati e i gemiti sempre più affannati. Quando la sua passera si strinse intorno a lui e i suoi occhi si appannarono, lui spinse forte un'ultima volta e venne insieme a lei. Poi la baciò sulle labbra, il corpo ancora tremante. Lei ricambiò il bacio.

"Ti amo, Hails. Ti amo tutta." La cinse con le braccia, sapendo che avrebbe dovuto posarla a terra presto, prima che gli cedessero le gambe.

Hailey gli mordicchiò il mento, lasciando che le mani gli sfiorassero pigramente la schiena. "Anch'io ti voglio bene, Sloane. Sei il mio uomo barbuto, tatuato e scontroso. Cosa potrei volere di più?"

Con lei tra le braccia e nel cuore, Sloane conosceva la risposta, almeno per lui. *Vivere*. La vita di Sloane era con Hailey. Non sarebbe più fuggito da lei, non poteva, adesso che lei gli aveva letto nell'anima e non era scappata, non si era tirata indietro.

Lui aveva commesso degli errori in passato, ma adesso sapeva di fare la cosa giusta.

Aveva la vita, il futuro tra le braccia.

Non aveva bisogno di altro.

Aveva trovato l'avvenire nell'unica persona da cui si era nascosto.

Aveva trovato la sua Hailey.

Epilogo

HAILEY SUSSULTÒ QUANDO L'AGO LE PENETRÒ nella pelle, ma non gridò. I tatuaggi non erano per gli smidollati, di quello era certa. La scarica di adrenalina data dalle interminabili sessioni sotto l'ago era piacevole, ma diavolo, faceva *male*.

Però alla fine ne sarebbe valsa la pena.

Inoltre, il suo tatuatore era sexy da morire e dannatamente gentile, tutto sommato.

Erano alla sessione finale del suo tatuaggio e ormai Hailey aveva una routine ben definita. Sloane aveva celato la sua postazione con delle tende, quindi erano da soli, anche se Hailey aveva dato il permesso ad Autumn, Maya, Callie e persino ad Austin di entrare a guardare. All'inizio, Sloane non aveva preso bene che ci fosse anche

Austin, ma poi aveva ceduto. Volevano solo assicurarsi che Hailey avesse il supporto necessario, non solo durante le sessioni lunghe e dolorose, ma anche per le ondate emotive che ne derivavano.

Sloane non le stava tatuando dei capezzoli.

Le stava tatuando dei ricordi.

A ogni nuovo dettaglio che lui aggiungeva, come in uno specchio Hailey riconosceva la forza che lei aveva dimostrato di avere, il dolore e l'agonia che aveva affrontato, vedeva le lacrime che aveva lasciato cadere. Non era facile permettere agli altri di vedere in che stato fosse il suo petto, tuttavia non l'avevano trattata in modo diverso. Non era una creatura di cristallo, ma una donna potente e cazzuta.

E questo le piaceva.

Si erano imbarcati in un viaggio che lei non aveva ritenuto possibile. Hailey aveva nascosto le proprie cicatrici e il proprio passato a Sloane e al mondo, ma alla fine era venuto tutto allo scoperto e lei non sentiva di valere di meno.

Anzi, sentiva di valere di *più*.

Ogni volta che si guardava allo specchio, non vedeva più una sopravvissuta, ma una donna con un passato e un futuro; una donna che amava un uomo che la stava tatuando con tale attenzione e tenerezza, che quasi le sembrava che stesse mettendo un pezzettino di sé in ogni goccia d'inchiostro.

"È magnifico," disse Maya pacatamente, a differenza di come parlava di solito. Certo, Maya stava attraversando il suo inferno personale proprio in quel momento, ma non ne avrebbe parlato con Hailey. Ora che aveva trovato il proprio futuro, però, Hailey sapeva di essere abbastanza forte da aiutare Maya. Se e quando l'amica avesse voluto confidarsi, Hailey sarebbe stata lì per lei.

"I faccio solo dei tatuaggi magnifici," disse Sloane con semplicità, mentre rifiniva parte dell'ombreggiatura colorata all'interno del tronco.

Hailey sussultò quando lui passò per la quarta volta nella stessa zona, ma non gridò. Ci stava prendendo gusto con questa cosa del tatuaggio. Forse la prossima volta ne avrebbe scelto uno un po' più piccolo, però.

"Questo è molto più di un tatuaggio," puntualizzò Maya. "È un fottuto capolavoro. Devo dire che all'inizio ero un po' gelosa del fatto che avessi scelto lui per farti tatuare, ma diavolo, Hailey, non credo che avrei potuto fare niente del genere, non come lo sta facendo lui."

Hailey lasciò cadere una sola lacrima. "Sloane è fantastico."

"È vero," confermò Sloane con un sorriso.

Maya sbuffò. "Sta mettendo tutto il suo amore per te nel suo lavoro, quindi sì, è perfetto. Non vedo l'ora di ammirarlo quando sarà tutto guarito." Maya si chinò e diede un bacio sulla tempia di Hailey, cogliendo entrambi di sorpresa. "Vi lascio soli per l'ultimo pezzo. Grazie per avermi permesso di guardare."

Hailey aggrottò la fronte quando Maya si allontanò, ma Sloane fece schioccare la lingua. "Quando Maya sarà pronta a parlare, lo farà." Asciugò il fianco di Hailey, poi le diede una pacca sulla coscia. "Ho finito, piccola. Aspetta ad alzarti, perché voglio che tu beva prima un po' di succo, ma intanto posso portarti lo specchio."

Lei sorrise e gli tese la mano. "Però baciami prima. Voglio avere le tue labbra sulle mie, prima di guardarmi."

Sloane fece il giro intorno al lettino per chinarsi su di lei. Hailey tenne gli occhi aperti per guardarlo in viso.

"Ti amo, Sloane. Amo ogni centimetro di te."

"È lo stesso per me, Hails. Esattamente lo stesso. Ti amo, piccola."

Hailey avrebbe guardato bene il suo nuovo tatuaggio più tardi, ma prima voleva guardare l'uomo di cui era innamorata, l'uomo che era innamorato di lei.

Aveva avuto tanta paura di voltare pagina con lui, paura di vivere invece che sopravvivere, ma ora Sloane era nella sua vita e lei si sentiva determinata e felice come non aveva mai sperato di essere.

Entrambi avevano vissuto dei momenti terribili, ma ne erano usciti più forti che mai: sfregiati, feriti, ma *vivi*.

Avevano tenuto nascosto il loro passato, ma si erano aperti l'uno all'altra per assicurarsi di poter costruire un futuro insieme. Il suo tatuaggio sarebbe rimasto nascosto ai più, ma non a lui, non all'uomo che amava.

Ora Hailey era tatuata sulla pelle, nell'anima e nel cuore.

E Sloane era suo.

Per sempre.

Il prossimo della serie Montgomery Ink:
Marchio indelebile

Senza titolo

Grazie mille per aver letto **Cicatrici segrete**.

Sono davvero onorata che tu abbia letto questo libro e ami i Montgomery tanto quanto me!
Le mie serie continuano con Marchio indelebile e gli altri libri sui Montgomery di Denver.

Se vuoi ricevere tutte le mie ultime novità, puoi iscriverti alla mia newsletter sul sito www.CarrieAnnRyan.com; oppure puoi seguirmi su Twitter, il mio account è @CarrieAnnRyan, o puoi mettere un like sulla mia pagina Facebook. C'è anche un Fan Club su Facebook dove vengono pubblicate domande, indovinelli, chiacchiere e altri annunci. I miei lettori sono il motivo per cui scrivo le mie storie, quindi grazie.

Buona lettura!

Se vuoi rimanere aggiornato su nuovi libri o promozioni, sentiti libero di iscriverti alla newsletter di Carrie Ann.

TI INTERESSA ESSERE UN BLOGGER E REVISORE PER CARRIE ANN RYAN? REGISTRATI QUI!

Montgomery Ink:

Libro 0.5: Tatuaggio ispirato

Libro 0.6: Destino a tre

Libro 1: Tatuaggio spinoso

Libro 1.5: Sulla pelle per sempre

Libro 2: I confini della tentazione

Libro 3: Un passo difficile

Libro 4: Stampato sulla pelle

Libro 4.5: Cicatrici segrete

Libro 5: Marchio indelebile

Libro 6: Senza Segreti

Altre storie a venire!

www.ingramcontent.com/pod-product-compliance
Lightning Source LLC
Chambersburg PA
CBHW070653100726

47907CB00007B/2195